授かり初恋婚

～御曹司の蕩けるほどの溺愛で懐妊妻になりました～

m a r m a l a d e b u n k o

日向野ジュン

マーマレード文庫

目次

授かり初恋婚
～御曹司の蕩けるほどの溺愛で懐妊妻になりました～

授かり初恋婚

～御曹司の蕩けるほどの溺愛で懐妊妻になりました～

プロローグ

どういうこと……。

彼にはまったく関係のないお見合いの最中だというのに、どうしているはずのない人がここにいるのだろう。

驚きに思わず息を呑《の》む。俯《うつむ》き激しく鼓動を続ける胸を押さえ、こちらに向かって歩いてくる彼の靴音に耳を澄ませた。

いつもの紳士的な彼からは到底想像ができない行動に、おかしいとわかっていても熱いものがこみ上げて動揺を隠しきれない。

私の心を掻《か》き乱さないで……。

心から望んで受けたお見合いではない。そして相手も、今は結婚するつもりはないと話してくれた。でもだからといって邪魔をしていいわけがないし、謝ればいいってものでもない。

お見合い相手が「ふたりでゆっくり話し合ってください」と機転を利かせ席を離れてくれたけれど、今はとてもそんな気分にはなれない。とにかくこの場から離れようと、周りの視線を気にしながら席を立つ。彼に見向きもせず立ち去ろうとして、右手を強引に掴《つか》まれた。

離してとお願いしても聞き入れてはもらえず、そのまま連れていかれたのは地下駐車場。彼の車の助手席に押し込められると、しばらく沈黙の時間が流れた。

狭い空間にふたりきり。好きな人といるのに悲しくて苦しくて……。

どうしてこんなことになってしまったのか。

自分の気持ちをコントロールできないまま、彼から視線を離すようにそっと俯いた。

雨がもたらした出逢い

朝夕は涼しさを感じるようになった十月の中旬。日本付近には未《いま》だに秋雨前線が停滞していて、今日も朝からどんよりとした曇り空だ。

「穂花《ほのか》。そこの棚の入れ替えが終わったら、店の外にあるワゴンの商品を中に入れてくれる？　雨が降りそうなのよね」

窓から外を見ていた母の景子《けいこ》が、憂鬱そうにため息をつく。

「うん、わかった」

返事をするとコーヒー豆の入った袋を棚に置き、すっくと立ち上がって表に向かった。

逢沢《あいざわ》穂花、二十五歳。身長が低く幼い顔立ちに見た目こそ十代と言われることも度々あるが、れっきとした大人の女性だ。

そんな私が働いているのは、ワインとコーヒーを専門に扱う『アイザワ・ワイン&コーヒースクエア』。なかなか手に入らないワインやここでしか買えないコーヒー豆を求めてやってくる、常連さんをはじめとする多くのお客様に人気のお店だ。

今から十五年前、両親は長年の夢だったこの店をオープン。ふたりの幸せそうな姿とワインやコーヒーの香りに包まれる日々を送っていたら、子ども心ながらも〝一緒に働きたい〟、そんなことを自然と思うようになっていった。

それはいつしか〝両親の力になりたい〟という強い意志に変わり、大学では経営学を専攻。まだそれを生かすことはできていないけれど昨今のワインとコーヒーのブームにあやかり経営は順調で、いずれはこの店を継げたらいいなと思っている。

でも両親にその話をすると、『そんなことより、穂花は恋をするほうが先！』とまったく相手にしてもらえない。

二十五歳にもなって恋愛経験が一度もないから、父や母が言うこともわからなくもない。学生時代からの友達もほとんどが彼氏持ち出し、中には結婚が決まった友人もいる。

小学生のときからの付き合いで親友の菅原真琴《すがわらまこと》も来年早々には結婚する予定で、『好きな人がそばにいてくれるっていうのは幸せよ』なんて両親の前で惚気《のろけ》るから〝結婚〟の二文字に拍車がかかり、口を開けばその話題ばかり。

別に私だって彼氏が欲しくないわけでも、結婚に興味がないわけでもない。子どものころからシンデレラや白雪姫のような童話が大好きで王子様に憧れていたし、その流れで今でも恋愛小説や漫画は大好きだ。だからロマンティックな恋愛を夢見ていて、いつの日か現れるであろう王子様のような男性との恋愛に想《おも》いを馳《は》せていたのだけれど……。

　気づけばあっという間に二十五歳。世の中そんなに甘くはなかったわけで、「現実はおとぎ話のようにはいかないよね」なんて、負け惜しみのように呟《つぶや》く毎日だ。

「ホントだ。いつの間に……」

　店の出入り口から空を見上げると午前中はいい天気だったのに青空はどこかに綺麗さっぱり消えて、今は厚い雲に覆われている。

　時計を見ると午後三時。

　男心と秋の空――なんていうことわざがあって、この季節の天気は変わりやすい。

「早くしまわなきゃ」

　もういつ降ってきてもおかしくない空模様に、ワゴンを片付ける手を早める。でも思ったよりも早く雨が降り始め、慌てて三台目のワゴンを動かし出した、そのとき。

「手伝うよ」

　背後から男性の声がしたかと思うと、ワゴンに大きな手が置かれた。誰？　とその手を目で辿《たど》り、行き着いた先にいたのは……。

「副島《そえじま》さん！」

「穂花さん、こんにちは……って挨拶はあとにして。雨がひどくなってきた、これを先に運びましょう。榊《さかき》、おまえも手伝ってくれ」

「わかりました」

副島さんの言葉に榊さんが返事をするのを聞いて、私も止まっていた手と足を動かした。

最後のワゴンを運び終えるとみんな雨で濡《ぬ》れていて、走って店の奥に向かった私は洗面所の棚からタオルを手に取り急いで店内に戻った。

「これ、使ってください」

副島さんと榊さんにタオルを二枚ずつ渡し、ホッと息をついたのも束《つか》の間《ま》。すぐに深々と頭を下げる。

「手伝ってもらった上に服まで濡れてしまって。おふたりはお客様なのに、本当にすみません」

「穂花さん、頭を上げて。客だからといってあの状況であなたひとりにワゴンを運ばせるほど、私たちは薄情じゃありません。いつもお世話になっていますからね、当然のことをしたまでです」

相変わらず柔らかい副島さんの物言いに顔を上げる。でもそうは言ってもやっぱりふたりはお客様で、このままでいいはずはないとしゅんと肩を落とした。

しかも副島さんの着ている仕立てのいい三つ揃《ぞろ》いのスーツは、高級なブランドものに違いない。艶《つや》のある黒髪もいつも爽やかにセットされているというのに、雨に濡れたせいでどちらも台無しだ。

それなのに副島さんときたら、自分の髪やスーツは適当にさっと手を伸ばして使っていないほうのタオルで私の頭を拭《ふ》き始めるから驚いてしまう。無意識に身体《からだ》がビクッと跳ね、鼓動が速くなる。

「そ、そんな、副島さん。私は大丈夫ですから……」

副島さんとの距離がグッと縮まって、途端に顔が熱くなる。恥ずかしさに慌てて俯いた。

こんなことされると困る。副島さんにしてみればなんてことない行為でも、私は男性になれていなくて普通でいられなくなってしまう。

「俺たちは男だから身体が頑丈にできてるけど、穂花さんは女性だからね。濡れたままでは風邪《かぜ》をひく」

「でも、お客様にこんなことしてもらうわけには……」

これ以上は無理。なにがなんだかわからないまま、副島さんからタオルを取ろうと手を上げる。けれどそれをやんわりと阻止された。不意に握られた手がとても熱くて仕方がない。

「いいから、おとなしくして。綺麗《きれい》にしてある髪が乱れてしまうけれど、少し我慢してね」

くしゃくしゃと私の髪を拭いてくれる、副島さんの手は口調と同じでとても優しい。子どものころに戻ったような不思議な感覚がくすぐったくなって、照れ笑いしながら肩をすくめた。

「初めて会った日も、こんな雨だったね」

「あ……」

微笑《ほほえ》む副島さんにそう言われ、その日のことを思い出しながら小さく頷《うなず》いた。

副島さんも覚えていてくれたんだ。嬉《うれ》しい……。

彼がお客様としてこの店に来たのは、今からちょうど半年ほど前の四月の半ば。

その日も今日みたいに突然雨が降り出して、慌てて店内に駆け込んできた副島さんにタオルを手渡したのを今でもはっきりと覚えている。

雨に濡れた副島さんは見目麗しく輝いて見えた。眉はキリッと綺麗なラインを描いていて、アーモンド型の目と透き通るような瞳に一瞬で目を奪われた。

『友人のホームパーティーに呼ばれていてワインを探しているのだが、おすすめのものはありますか？』

小ぶりだけれどふっくらとした唇から放たれる言葉は柔らかく、温かい笑みでその場がパッと華やぐ。

きっとどこかの会社の偉い人だとは思うけれど、まるで子どものころに読んでいた童話の王子様がその場に現れたようで、その日から副島さんのことが気になって頭から離れなくなってしまったのだ。

「そうでしたね、すみません。半年前といい今日といい、洋服を濡らしてしまって……」

「洋服なんて、放っておいてもそのうち乾くから気にすることはないです。それに半年前も今日も、穂花さんが悪いわけじゃないでしょ？」

そう言ってにっこりと微笑む副島さんは、どんなときでも優しい。

月に一度か二度ほど店に来てくれるけれど、笑顔じゃない副島さんを見たことがない。それとは逆にいつも一緒に来る榊さんは黒ぶちの眼鏡《めがね》が似合うクールな印象で、副島さんが動なら榊さんは静といったところ。

詳しいことは知らないけれどふたりの関係性は上司と部下で、〝まさしく〟といった感じだ。

「そうだ。おふたりとも、少しお時間ありますか？　お詫《わ》びと言ってはなんですが、雨に濡れて身体も冷えましたし、よかったらコーヒー飲んでいきませんか？　おすすめのコーヒーがあるんです」

実は昨日、ルワンダとブラジルの豆を使った新しいブレンドコーヒーが入って、そのコンセプトが〝仕事中の一服に〟だったのを思い出す。

アフリカ産のコーヒーの多くは甘みを感じ、バランスの取れた飲みやすさに定評がある。仕事の集中力を高めるには、もってこいのコーヒーなのだ。

「ちょうど一休みしようと思っていたところでね。お言葉に甘えて、一杯いただいてもいいかな？」

「はい、喜んで」

店にはお客様に試飲してもらうための、ちょっとしたカフェスペースが設けてある。

私はまだ上手に淹《い》れることができないからコーヒーメーカーを使うのがほとんどだけど、父のようにハンドドリップでコーヒーを淹れられるようになりたいと暇を見つけては練習している。

今日は慣れたコーヒーメーカーで手早くコーヒーを淹れると、窓際の席に座っている副島さんと榊さんに持っていく。ルワンダ豆の柑橘類《かんきつるい》のフルーツやシトラスの華やかな香りが鼻をかすめ、ホッと心が落ち着く。

「お待たせしました。榊さんはブラック、副島さんはお砂糖ふたつとミルクです。どうぞ」

ふたりにはもう何度かコーヒーを出していて、それぞれの好みはインプット済み。こんなところまで正反対で、でも好みも〝まさしく〟といった感じで自然と笑みがこぼれてしまう。

「なに？　砂糖とミルクを入れるなんて、三十二歳にもなって子どもっぽいって思ってる？」

副島さんはそう言ってから私を上目遣いで見て、「傷つくなぁ」と小さな声で呟いた。そんなつもりはなかった私は、慌てて彼に一歩近づく。

「そ、そんな、違います。子どもっぽいだなんて思ってません。ただ、ちょっと、かわいいなとは……あっ、すみません。年上の方にかわいいなんて言って……」

副島さんからまるで子犬のような傷心にも似た目を向けられて、頭の中はプチパニック。だから突拍子もなく〝かわいい〟なんて言ってしまったけれど、悪気はないというかなんというか……。

「ごめんなさい」

しょぼんとして謝ると、副島さんはスッと立ち上がり私の頭に手を乗せた。何ごとかと顔を上げたところで、彼の優しい目と交わった。さっきまでの傷ついたような目は、もうどこにもない。

「こちらこそ、大人げないことを言って申し訳ない。君があんまりにもかわいい笑顔を見せるから、イジワル心に火がついてしまった」

副島さんは私の頭をポンと撫《な》でて、その手をすぐに下ろす。

「イジワル心？　じゃあ……」

「僕の好みを覚えてくれていて、傷つくどころか逆に嬉しかった。実際の話、三十を越えてコーヒーに砂糖とミルクは、自分でもどうかと思うけどね」

そう言いながら浮かべる照れたような笑みに、胸がキュンと高鳴る。

なんなの、これ！　今日の副島さんはどこかおかしい。今までに見たことのない表情ばかり見せるから、戸惑ってしまうというかドキドキが止まらない。

でもそれを悟られないように小さく深呼吸して心を落ち着かせると、背の高い副島さんを見上げた。

「副島さん。コーヒーに砂糖を入れて飲むのは子どもっぽいってイメージを持っているのは、日本人だけみたいですよ」

「え、そうなの？」

「はい。本場のイタリアでは、エスプレッソには砂糖を入れて飲みますからね。それは苦みを消すためじゃなく、エスプレッソが持っている香りや風味を引き出しコーヒー本来の味を楽しむためにと言われています。ミルクを入れるのもその人の自由ですし、カッコ悪いとか捉われる必要ないと思います」

なんて偉そうに言ったけれど、照れくさくて火照って熱くなる顔を見られないように少し俯いた。

実はこの情報は、コーヒー豆を仕入れている会社の社長さんからの受け売り。だから偉そうに言うのはどうかと思うけれど、お客様から質問があっても答えられるようにコーヒーやワインに関しての本を読んで勉強もしていて、ある程度は知っていたからあながち嘘《うそ》でもない。

うちで取り揃えている商品は、両親が厳選した自慢の品ばかり。だからなにも気にすることなく美味《おい》しく飲んでもらいたい——その一心で言ったのだけど、副島さんはどう思ったのか。

気になって少し視線を上げる。すると副島さんはいつの間にか座っていて、コーヒーにお砂糖ふたつとミルクを入れると、満足そうに微笑むから自然と頬が緩む。

気持ちが伝わったみたいでよかった……。

嬉しさがこみ上げてひとり心躍らせていると、ふと榊さんと目が合ってすぐにシャキッと姿勢を正す。

な、なんで榊さんがこっちを見ているの……？

これはマズい、気持ちを悟られないよう誤魔化すように笑ってみせる。けれどうまく笑えなくて、それを見た榊さんが噴き出すようにプッと笑うから驚いてしまう。

ええ、あのクールな榊さんが笑った!?　今まで一度だって笑ったところなんて見たことがないのに、どういうこと？　もしかして私の副島さんへの気持ち、見透かされてる？

慌てて目を逸《そ》らし、乱れた呼吸を整える。榊さんはツボにハマったのか声を出して笑い出し、それに気づいた副島さんが眉間にしわを寄せて怪訝《けげん》な表情を見せた。

「榊、どうした？　なにがそんなにおかしいんだ？」

副島さんも私と同じことを思ったようで、眉間のしわがさらに深くなる。副島さんの問いかけに榊さんがなにを言い出すか、不安で落ち着かない。

「いえ、すみません。おふたりのやり取りが面白かったので、つい……」

榊さんはそう言うと、私へ目を向ける。でもそれは一瞬のことで、すぐにいつものクールな眼差《まなざ》しに戻ってしまった。

今の視線はなんだったんだろう……。

結局のところ、榊さんに自分の気持ちを知られたのかどうかわからずじまい。副島さんも「面白いとか意味がわからない」とあきれ顔をすると、私のほうを見て肩をすくめた。それに応《こた》えるように、私も苦笑してみせる。

副島さんを見ていると湧き上がる、ふわふわとした気持ちがなんなのか。二十五年間リアルな恋をしたことのない私には、正直よくわからない。物語のヒーローに胸がときめくことはあっても、身近な人に想いを寄せたことはない。

今の副島さんの存在は、初めて会ったときに感じた〝気になる〟から〝心惹《ひ》かれる〟に変わっている。もしかしたらこれが〝恋〟なのかもしれないけれど、だからといって今の私には告白する勇気も〝恋〟する自信もない。

だったらもうしばらく、今のままの関係で……。

「穂花さんの淹れてくれたコーヒーは、本当に美味しいです」

そう言って笑顔を向けてくれるだけで十分。それだけで、元気になれるのだから。

「ありがとうございます。残りのお仕事も頑張ってくださいね」

こういうやり取りのひとつひとつに、心が満たされる——ただ、それだけでいい。

自分自身にそう言い聞かせ、後ろ髪を引かれつつもその場から離れた。

胸の奥に秘めた想い

十月も後半に入り一週間後にはハロウィンが控えているからか、パーティー用にとワインを買いに来るお客様でアイザワ・ワイン&コーヒースクエアも連日にぎわっている。

そんなある日。母から「大事な話があるから今晩空けておいて」と言われたのは、昼の一時を過ぎたころ。

「大事な話……」

そう言われても特に思い当たるふしもなく、レジでひとり小首を傾《かし》げる。

でもひとつ気になるのは、普段から陽気な母がいつにも増して機嫌がよさそうなこと。なにかいいことがあったのかもしれないけれど、なんとなく腑《ふ》に落ちない。

母のあの様子からして、悪いことではないと思うけれど……。

なんて考えていたのも束の間。接客の忙しさに〝大事な話〟のことをすっかり忘れていた私は、仕事が終わったあとお風呂に入り、まだ髪の毛も乾かぬまま自宅のリビングで呆然《ぼうぜん》と立ち尽くしていた。

「お母さん、今なんて……」

「だから。白川《しらかわ》ワイナリーの社長さんが、穂花にお見合い話を持ってきてくれたのよ。ほらあなたも何度か会ったことがあるでしょ、息子の耀司《ようじ》さん」

そう言って母に思いっきり肩を叩《たた》かれて、ふらりとよろめく。思いもよらない突然の見合い話に、身体から力が抜けて床にへたり込んだ。

白川ワイナリーの息子、白川耀司さんとはつい先日も会ったばかり。彼は白川社長の長男でいずれはワイナリーを継ぐのだろうけれど、今この辺りの営業担当をしていてこの店にもよく顔を出す。うちとの付き合いも十年以上になるはずだ。

確か、三十五歳って言ってたような……。

仕事上での会話しかしたことがないけれど、ポジティブでよくしゃべる——そんなイメージで好感が持てる。でもそれ以上の好意もないし特別仲がいいわけでもないのに、どうして今になってお見合いなのか見当もつかない。

「もちろん会ったことはあるよ。でも今更白川さんとお見合いも、どうかと思うけど」

悪い人ではない。お見合いをしてお付き合いが始まり、いずれは結婚。子どもも儲けて幸せな家庭を築いていく——そんな未来が想像できないわけじゃないけれど……。

「知らない人でもないんだし、お見合いしてみればいいじゃない。それで無理と思えば、お断りすればいいんだし」

母の隣に座っている父も、それがいいと言わんばかりに頷いている。

「それはそうだけど……」

普通のお見合いならそれでいいのかもしれないけれど、相手はうちとの繋がりが強いワイナリーの跡取り息子なのだ。無下に断りでもすれば、今後の取引がやりにくくなるのは目に見えている。それに……。

「好きな人はお見合いじゃなくて、自分で見つけたい」

「そんなこと言ってるから、二十五にもなって恋愛経験がゼロなのよ。それとも穂花、好きな人でもいるの？」

「え？」

母にそう言われ、ドキッと心臓が跳ねる。それに気づかれないように母からゆっくり視線を逸らすと、盛大なため息をつかれてしまう。

「ほら、いないんじゃない。自分で見つけたいなんてバカなこと言ってないで、お見合いしてみなさいって。案外うまくいくかもしれないわよ」

「少し考えさせて」

早めに決めてちょうだい——という母の言葉を背にリビングを出る。そのまま階段を駆け上がり自分の部屋に入ると、ベッドにダイブして枕に突っ伏した。

『穂花、好きな人でもいるの？』

母の言葉が頭の中を駆け巡る。お見合いの話を聞いてからずっと、胸の奥に隠してあった副島さんへの想いは顔を出したまま。両親の前ではなんとか隠し通せたけれど、彼のことを想うと胸がはちきれそうなほど好きな気持ちで満たされていく。

もうこの気持ちは、抑えられそうにない——。

お見合いをするにしろ断るにしろ、今のままじゃいけない。ちゃんと整理しておかないと、前にも後ろにも動けなくなってしまう。

そうわかっているけれど、このあとどうすればいいのか。

「真琴に相談してみようかな……」

早々に結婚を決めた真琴なら、なにかいいアドバイスをしてくれるかもしれない。

おもむろに時計を見ると、時刻は夜の十時を少し回ったところ。この時間ならさすがにまだ起きているだろうとスマホを手に取る。電話をかけると、呼び出し音がするかしないかのところで真琴が電話に出た。

『穂花久しぶり！　ちょうど私も電話しようと思ってたんだよね』

彼女の持ち前の明るい声に、硬くなっていた表情が緩む。でもどう切り出せばいいのかわからないままモタモタしていると、待ちくたびれたのか真琴のほうから話し出した。

『なにか困ってることがあるんでしょ？』

「え、なんでわかるの？」

『もう二十年近く親友やってるんだよ。穂花の考えてることなんて、言動ひとつで手に取るようにわかるんだからね』

真琴は電話の向こうでどうだとばかりにそう言うと、くすくすと笑い出す。まだなにも言ってないのに気持ちを悟られるのは癪《しゃく》だけど、さすがは親友だと仕方なく苦笑を漏らした。

『それで、なに困ってるの？　穂花のことだから、恋愛関係ではないだろうけど』

「なんで、そういうことを言うかなぁ。私だって二十五なんだから、恋のひとつやふたつ――」

『あるの？』

「い、いや、まだないけど……」

だからってそう断言されるとさすがに傷つく。けど、そんなことで落ち込んでいる場合じゃない。

「母親がお見合いしろって……」

『あら、いい話じゃない。自分から動かない穂花にはもってこいだと思うけど、なにか問題でも？』

「問題というか、なんというか……」

副島さんへの気持ちは私の片思い。しかも告白する前から諦めモードだから、さして問題というわけじゃない。

けれど気持ちの整理がつかないというか、告白もしないまま諦めていいのかという自分もいたりする。

『穂花。あんたまさか、気になる人でもいるの？』

驚く真琴にそう聞かれて、一瞬話すべきかどうか躊躇してしまう。でもそれでは電話をかけた意味がないと、思いきって口を割った。

「実はうちのお客さんなんだけど、素敵な人がいてね。真摯で優しくて笑顔が柔らかい人で、いいなぁって思ってて」

話していると副島さんの顔が脳裏に浮かび、ニヘッと顔が自然にほころぶ。

真琴にこんな話をするのは初めて。途端に恥ずかしさに襲われて、電話だというのに慌てて口元を引き締めた。

『だからお見合いに戸惑ってるってことかぁ。穂花は、その人のことが好きなのね』

「好き……。たぶん好きなんだと思う。でも、この気持ちをどうしたらいいのかわからなくて」

『そんなの簡単じゃない。好きです、付き合ってくださいって告白すればいいのよ。うじうじ考えてるだけじゃ、答えは出ないんだから』

「それはそうなんだけど……」

ポジティブ思考の真琴なら簡単なことかもしれないけれど、恋に関してはネガティブな私には、告白なんて大それたことを易々《やすやす》とはできない。

『さっさと告白して、ダメだったらお見合いするっていうのはどう？』

「他人事《ひとごと》だと思って。親友なら、もっと真剣に考えて――」

『親友だから言ってんの。悩んでるのは時間の無駄よ。わかったなら、すぐに告白する。じゃあ健闘を祈ってるね』

「え？　ま、真琴!?　ちょっと待って！」

真琴は早口で言いたいことだけ言うと、そそくさと電話を切ってしまう。電話に出たときの口ぶりからして、彼女もなにか用事があったのだろうけれど。

「相変わらず慌ただしいんだから」

苦笑しながらくるりと反転し仰向けになると、何気なく天井を見つめる。そこに浮かんだのはやっぱり副島さんの笑顔で、それはもう誤魔化すことのできない彼への想い。

副島さんのことが好き――。

そうはっきり自覚すると、気持ちがストンと落ち着くところに落ち着いた。そして恋愛スキルのまったくない私が考えに考え抜き、絞り出した答えは……。

副島さんに〝好きです。付き合ってください〟と告白する！

とは言ったものの、生まれて初めての告白。副島さんと知り合って半年経《た》つが、万が一にも私に気持ちがないことをわかっていての玉砕覚悟の告白だ。

いつどこで、どのタイミングで告白したらいいのか全然わからない。そもそも副島さんとは店でお客様として会うだけで、なにをしている人なのかも知らないしもちろん連絡先も知らない。

ということは……。

告白のチャンスは次にコーヒー豆を買いに来るとき、その日しかない。それがいつなのかはわからないけれど、多いときには二週間に一度来てくれるから……。

「早ければ、来週早々にも会えるかもしれない」

一世一代、生まれて初めての勝ち目のない大勝負。まだ数日はあるというのに、緊張でドキドキが止まらない。

それでも、自分自身が一歩前に進むために——。

そんなことを考えながら生乾きの髪を乾かすと、ベッドに丸まり眠りについた。


母にお見合いの話を聞かされてから四日。ハロウィンが三日後に迫り相変わらず店は繁盛しているが、肝心の副島さんはまだ来ていない。二週間に一度来るというのも絶対じゃないから仕方ないとはいえ、タイミングの悪さにため息が漏れる。

母からは見合いの返事を急《せ》かされるし、窓から見える空は雲ひとつない青空だというのに私の心はどんより曇り空。

告白してもうまくいかないのは目に見えているけれど、副島さんのことが好きなのにお見合いをするわけにはいかない。彼に対する気持ちもすぐに消すことはできないし、今回のお見合いはお断りしたほうがいいんだろうけど……。

両親のことを思うと踏ん切りがつかなくて、今日まで返事を延ばしている。

「副島さん、なにしてるんだろう……」

ボソッと呟いた、そのとき。店の前の駐車場に見知った黒い高級車が入ってきたのに気づき、慌てて棚にもたれ中腰だった姿勢をぴんと正す。

副島さんが来た。でも、どうしたらいい？

前に進むために告白をする——そう決めたのに、いざそのときが目前に迫ってくると怖気《おじけ》づいてしまう。

告白なんてやっぱり無理。だって告白はおろか、リアルに男性を好きになったこともない。それなのにいきなり告白なんて、私にはハードルが高すぎる。

母から見合い話を振られて副島さんへの気持ちが高揚して『〝好きです。付き合ってください〟と告白する！』なんて意気込んでしまったけれど、冷静になって考えてみれば相手はあの副島さんなのだ。

左手薬指に指輪はなかったからたぶん結婚はしていないと思うけど、彼女がいてもおかしくない。いや、現在進行形で、付き合っている彼女がいるに決まっている。

そんな人に好きですなんて告白したら迷惑千万。今の関係も壊れてしまう。

告白は中止して、ここはいったん仕切りなおし。お見合いのことは今晩にでも両親と話をして、とりあえずこの場はいつも通りの私で接客をしよう。

そうと決まれば、お出迎えだ。深呼吸をして気持ちを落ち着かせ、口角をキュッと上げると店の出入り口へと向かう。榊さんの姿が見えたのと同時に、手を伸ばしてガラス扉を開けた。

「いらっしゃいませ」

「逢沢さん、こんにちは。今日はいい天気ですね」

「はい。清々《すがすが》しい秋晴れです」

そんなたわいのない挨拶をしながら、榊さんの後ろを何気なく覗《のぞ》き見る。いつもなら先に歩いてくる副島さんの姿がなくて、目だけできょろきょろと辺りを見回した。

「副島をお探しのようですが、彼はいません。どうしても外せない会議がありまして、今日は私だけ伺いました」

「え？　あ、すみません。探していたわけではなくてですね、榊さんと副島さんはペアといいますか、いつもご一緒なのでつい……」

私ったらペアとか、なに言っちゃってるの。

無意識に探していたのを榊さんに見抜かれ、焦って返事がおかしくなってしまった。

「ペアですか。初めて言われました」

榊さんにふっと笑われて、意味もなく「あはは」と苦笑いしてみせる。

告白はやめたけれど、いつもいる副島さんがいないのは気になるというか、ちょっと寂しくて小さなため息が漏れた。

「お忙しいんですね」

「そうですね。それなりの地位にいる方なので」

「それなりの地位？」

私がそう呟くと、榊さんは「はい」と相槌《あいづち》を打つ。

副島さんの立ち振る舞いや丁寧な言葉遣いは育ちがいいというか、前々から普通のサラリーマンではないと思っていたけれど……。

やっぱりそうだったんだ。

会社勤めをしたことがないからよくわからないけれど、三十二歳と言っていたし、それなりの地位ということは部長さんとか課長さんなのかな。

会社にいる副島さんを勝手に想像して、思わず頬が緩む。

「逢沢さんは、副島製薬をご存じですか？」

「え？」

突然話を振られ慌てて緩んだ頬を戻すと、戸惑いながらも素早く答える。

「は、はい。ウサギのマークの風邪薬とか、ＣＭもやってますよね」

「そうです。その副島製薬です」

榊さんは静かに頷き、なにかを訴えるような眼差しを私に向けた。クールな榊さんの目といえばそうなのだが、いつもと少し違う。それってなにかを意味してる？

副島製薬……副島……副島!?　え、まさか、嘘《うそ》でしょ！

勉強は得意ではないけれど、いうほどバカではない。榊さんが副島製薬のことを話してくるということは……。

「副島さんは、副島製薬の……」

ごくりと息を呑む。

「副島三樹《みつき》。御曹司で、副社長です。社長になるのも時間の問題かと」

榊さんはそう言うと、黒ぶちの眼鏡のフレームをクイッと上げた。

「御曹司で副社長……」

驚きから、それ以上言葉が続かない。副島製薬の御曹司で副社長というだけでも衝撃を受けているというのに近いうちに社長になるとか。偉い人だとは思っていたけど、副社長ともあろう人がうちにコーヒーを買いに来ていたなんて、驚きを通り越して頭の中が真っ白になってしまう。

副島製薬といえば誰でも一度はお世話になっている、知らない人はいないだろう超有名製薬会社。国内の売上高ランキングはここ数年トップを独走だと、ニュースで見たことがある。

副島さんがそんな大会社の副社長だったなんて、普通なら絶対に会うことのない人だ。

でも冷静になってみれば、副社長というのも頷ける。仕立てのいいスーツを着こなし、しゃんと背筋を伸ばした佇《たたず》まいは重役そのもので品のよさを語っている。

副島製薬の御曹司というのは想定外だったけれど、そんな人に告白なんてしなくてよかった。天と地ほどの身分差がある人に、私みたいな凡人が告白するなんておこがましい。

なんて強がりかもしれないけれど、今日ここに副島さんがいないことに少しだけホッとしている。副島さんへの気持ちは、もうしばらく胸の奥に……。

「逢沢さん？」

不意に名前を呼ばれて、心ここにあらずだった身体が大きく跳ねる。榊さんに視線を向けるとこっちを見ていた彼と目が合って、気まずさに目を逸らす。

ひとり想いにふけるのが少し長くなっていたようだ。

「す、すみません、呆《ほう》けてしまって」

「やっぱり驚きましたか？」

「そりゃあ驚きますよ。身なりも整っていて堂々とされていたから素敵な人だな……とは思っていましたけど、副島製薬の副社長さんだったなんてビックリです」

そう言って苦笑いすると、榊さんも表情を崩す。でも副島さんが副社長ということは、いつも一緒にいる榊さんはもしかして……。

「つかぬことをお伺いしますが、榊さんは副島さんの秘書だったりしますか？」

「はい、私は彼の第一秘書をしております。それがなにか？」

榊さんはそう言うと、眼鏡の奥に見える切れ長の目をいたずらっぽく細める。またしても心の中を覗かれているようで、たまらなくなってもう一度目を逸らした。

「なにかと言われると困るんですけど……。いつも一緒の秘書さんなら、副島さんのことをよく知っているのかな、と思いまして……」

そう言いながら『私ったらなにを聞いてるのよ』と次第に言葉がしどろもどろ、歯切れの悪いものになってしまう。榊さんは気づいているだろうかとチラッと視線を戻すと、なぜか微笑を浮かべている。

「副島のことが気になりますか？　まあ知っていると言えば知っていますが、私の口からはなんとも……」

「い、いえいえいえ。そんな大そうなことではないので、お気になさらず……」

私の気持ちを知ってか知らずか、榊さんはからかうようにそう言うと口角を少し上げた。

これって、からかわれてる？

今は個人情報保護法なんかもあって、他人の情報をそう易々と教えるわけにはいかないのはわかっている。

でも副島さんのことをほとんど知らない私としては、些細《ささい》な情報でもいいから知りたかったわけで。残念な気持ちからため息が漏れ、でもすぐに接客中だったと気づいて顔を上げた。

「すみません。なんか、変なことを言ってしまって。ところで今日はなにを？」

「ああ、そうでした。未来の嫁候補、まあ簡単に言えば結婚相手と目されている方からパーティーに招待されていまして、手土産にワインをと。逢沢さん、よければ選んでくださいますか？」

榊さんの口からいきなり〝未来の嫁候補〟という言葉が、しかも〝目されている〟とか首を傾げたくなるようなワードが飛び出て、まじまじと彼を見つめる。

「お嫁さん候補……ということは、榊さん近々ご結婚されるんですか……って、それこそ私には関係のないことですよね。失礼なことを聞いてすみません」

頭をぺこぺこ下げると、慌てて目をそむけた。

榊さんは副島さんより若い？　それとも同じ歳くらい？

突然のことで驚いたけど、三十歳前後は結婚適齢期といわれている。結婚に踏み切るには最も適した年齢だと、真琴が言っていたのを思い出す。

榊さん結婚が近いのね、きっと。

目されているっていうのは気になるけれど、でもそれならそうともっと早く教えてくれていたら、ちゃんと準備しておいたのに。なんて、榊さんがそんなプライベートなことを私に話すわけないよね。

榊さんのおめでたい話に、ふふっと笑みがこぼれる。でも次の瞬間……。

「逢沢さん、すみません。今の話は私のことではなく、副島のことで」

「……え？」

想定外の話に耳を疑う。なにを言われたのか理解できずに、動きを止めたまま榊さんの目を見つめた。

彼女はいるかもと思っていたけど、まさかお嫁さん候補がいたなんて……。

でもよく考えてみれば当たり前のことかも。副島製薬の副社長ともあろう人が、なんの肩書もない一般人とお付き合いするはずがない。

お見合いのことで悩んで、前に進むためにもやっぱり気持ちだけでも伝えようと思っていたのに、いきなり失恋とか。私の初恋は、呆気《あっけ》なく散ってしまった。

こんなことなら、もっと早く告白すればよかった。でもそれはそれで次に会ったときに気まずいというか、顔を合わせづらくなるだけで。

八方塞がり、頭の中がぐちゃぐちゃだ。

「そ、そうですか。副島さん、ご結婚されるんですね」

副島さんのあの笑顔は、もう他の誰かのもの……。告白したところで私のものになる確率はゼロ、私にチャンスはなかったというわけだ。

あぁ、この場から消えてしまいたい……。

でもそういうわけにもいかず、榊さんの前だというのにため息が漏れる。でも時間が経てばいやが上にも落ち着いてきて、深く息を吸い込むと表情をいつものものに戻す。

「榊さん、すみません。ワインでしたよね。どれがいいかなぁ。あ、ワインといえばフランスやイタリアが有名ですけど、アメリカを代表するワイン【オーパス・ワン】はどうでしょう。すぐにお持ちしますから、少しお待ちくださいね」

榊さんの顔も見ずにまくし立てるように早口で言うと、逃げるように榊さんから離れた。

やっぱり無理。榊さんの前で、平然とした顔でなんていられない。寂しいし悲しい、私だって幸せになりたいのに……。

生まれて初めて感じた虚《むな》しさに、またため息がこぼれる。

「お見合い、してみようかなぁ……」

小さく呟いた言葉が、ワインが眠っている暗い部屋に吸い込まれていく。

たとえ作られた出会いの場だとしても、幸せになれる近道なのかもしれない。

副島さんにお嫁さん候補がいると知ったから自棄《やけ》になっているのは否めないけれど、それでもこのままずっと失恋の痛手を抱えているより、お見合いをしたほうが心の傷は早く癒えるような気がする。

『案外うまくいくかもしれないわよ』

母の言葉が思い出されて、もう一度ため息をつく。ワイン用のセラーに眠っているオーパス・ワンを手に取ると、釈然としないまま店内で待つ榊さんのところへと戻った。

三樹SIDE

「副社長。頼まれた手土産用のワインを買ってきましたが、少々お耳に入れたいことが……」

榊がそう言って、俺に顔を近づける。

「逢沢さん、近々お見合いをするみたいですよ」

そう耳打ちしたあと、榊は顔を離すと口角を少し上げてニヤリと笑ってみせた。

「なにが言いたい？」

その表情が気に入らなくて、キッと睨《にら》みを利かす。

「そんな顔をされるのは心外です。副社長が彼女のことをことのほか気にされているようでしたので、お知らせしておいたほうがいいかと思いまして。余計なことでしたのなら、失礼いたしました」

榊はいつもの何食わぬ顔でそう言うと、呆けたままの俺を残し社長室から出ていった。

「なにが余計なことでしたら……だよ。まったく……」

なにを考えているのかよくわからないアイツらしい言いかただが、そんなアイツの性格をわかっていても無性に腹が立つ。きっと俺の彼女の前での態度で察していたのだろうけれど、心の内を読まれていたとは迂闊《うかつ》だった。

ため息をつきオフィスチェアに座ると、背もたれに反り返り天井を仰いだ。


榊から、そんな思いもよらない情報を聞いたのは三日前のこと。

その翌日。朝のミーティングを終えると、昨日の話を詳しく教えろと秘書室に戻ろうとする榊を呼び止めた。

昨日の今日で聞くのはかなり癪だし、待ってましたと言わんばかりにほくそ笑む榊はやっぱり腹立たしいが、この件に関しては致し方ない。

怒りをグッと堪《こら》えソファーにドカッと座り、榊の話に耳を傾ける。

よく聞けば、お見合いの話は穂花さんから直接聞いたわけではなく、店内でワインを取りに行った彼女を待っているときに両親の話を小耳に挟んだだけのことらしい。

「なので詳しいことまではわかりません。まだ決定したわけではないみたいですが、どうなったのかお知りになりたいのならご自身でどうぞ」

そうはっきりと言われては言い返す言葉もなく、そりゃそうだと項垂《うなだ》れた。

仕事に関してはなにひとつ問題なくできても、穂花さんのことになるとどうにもうまくいかない。

「それともうひとつ。副社長がいつまでも行動を起こさないのでつい口を滑らせて、副社長には未来の嫁候補と目されている女性がいることを逢沢さんに話してしまいました。なぜかわかりませんが逢沢さんかなり動揺されていましたから、お見合いの話を進めてしまうかもしれませんね。さあ、どうされますか?」

「どうされるって。榊、おまえというやつは。俺の気持ちを知っていて、どうしてそんなことを」

「どうしてと言われましても。私は副社長のことを、ただただ心配しているだけです」

「どうだか」

相変わらず煮ても焼いても食えないやつだが、俺のことを一番理解しているのもやつで。苦笑いすると、それ以上はなにも言わずに窓の外に目を向けた。

居ても立ってもいられなくなった俺は、やっと仕事が一段落した週末の日曜日の今日。アイザワ・ワイン&コーヒースクエアへと、ひとり車を走らせている。

俺の知らないところで進んでいる話とはいえ、嫁候補がいると知られてしまった今となっては、どうするのが一番なのか……なにか考えがあるわけではない。いきなり穂花さんに『お見合いをするんですか？』と聞いたところで、不審がられるだけなのもわかっている。

でもだからといって、指をくわえて待っているわけにはいかない。なぜならそれは……。

俺は穂花さんに好意を持っている──。

初めて彼女を見たのは、今からちょうど一年ほど前。

仕事の移動で、アイザワ・ワイン＆コーヒースクエアの前に赤信号で停車していたとき、店の前の花壇を手入れしている女性にふと気づき目を留めた。

最初は何気なく後ろ姿を見ていただけだったのだが、花の苗を持って不意に立ち上がりこちらに振り返った彼女の天真爛漫《てんしんらんまん》な笑顔に一瞬で心を惹かれた。まるでそこだけ大輪の花が咲いたように輝き、目が離せなくなったのは言うまでもない。

店の前の花壇を触っていたのだから、きっとここの店員なのだろう。

すぐにでも会いに行きたい──。

そう思ってもあのときは会合先に向かっている途中。すぐに信号が青に変わり、逸《はや》る気持ちを抑えながらその場を離れることになってしまった。

それからというもの彼女の笑顔が頭から離れず、客として店に行こうと目論んだものの、三か月という海外への長期の出張やらなんやらで出向くことはできずじまい。

やっとのことで行けたのが今から半年ほど前のことで、先日と同じく雨に降られて——というわけだ。

初めて会った穂花さんは気立てがよく、笑顔の絶えない想像していた通りの女性だった。好みのコーヒーの味を伝えると、何種類かのコーヒー豆を用意してくれ丁寧に説明をしてくれる姿にますます虜《とりこ》になっていった。

すぐにでも食事に誘いたい衝動に駆られるも、そこは大人の男としてグッと我慢。もう少しお互いを知り距離を縮めてからと、店に行く機会を増やした。

その甲斐《かい》もあってか最近は世間話もするようになって、そろそろデートに誘おうかと思っていた矢先に彼女の見合い話が舞い込んできたのだ。

どうして見合いなんてするんだ!

穂花さんはそんなことをしなくても、彼氏くらいできるだろう。できることならば、その相手は俺であってほしい……そう思っていたのに、どうしてこうなるんだ。

嫁候補がいるといっても、それは政略的なもの。そこに好意はないというのに、俺の中のどこかに躊躇する気持ちがあったのかもしれない。

タイミングを見誤ったか……。

俺がもっと早くに心を決めて穂花さんに思いを伝えていれば、こんなモヤモヤとした気持ちにならなくて済んだのに。

って、おい。思いを伝えたところで、うまくいくとは限らないじゃないか。

「はぁ……」

この世も終わりと言わんばかりの、深いため息が漏れる。

今日は〝いつものコーヒー豆を買う〟という大義名分があるが、本当のところは違う。

ここは強行突破と行くか。

見合いなんてやめて、俺にしろ……なんていきなり言えば、引かれるのは目に見えている。そうかといって、易々と見過ごすわけにもいかない。

やっぱりここは見合い話が本当なのか、本当ならば相手はどこの誰なのか。そのお見合いとやらは、いつどこで行われるのか。

そんなことを聞いてどうするつもりかと聞かれても、俺自身よくわかっていないのだから答えようがない。【彼を知り己を知れば百戦殆《あや》うからず】という言葉もあるように、戦いに勝とうと思うなら、まずは相手のことを知る――の精神だ。

そんなことを考えながら車を走らせていると、目の先にアイザワ・ワイン＆コーヒースクエアが見えてくる。

とにかく今は、早く穂花さんに会いたい。会って話がしたい。

ただその一心で、車のアクセルをグッと踏み込んだ。


「あら、逢沢さん。日曜日にいらっしゃるなんて珍しいですね」

アイザワ・ワイン＆コーヒースクエアのオーナー婦人で、穂花さんの母親の景子さんが驚いたような表情を見せる。景子さんに笑顔で返しながら、辺りをぐるっと見回した。

いつもいるはずの穂花さんの姿が見えない。腕時計で時刻を確認すると十三時を回っているが、昼の休憩中だろうか。

仕方ない。しばらく店内を見て回ろうと足を踏み出そうとして、景子さんに呼び止められた。

「副島さん？　もしかして、穂花を探してます？」

「え？　ま、まあ、そうですね。コーヒー豆のことで少し相談したいことがありまして」

コーヒー豆を買いに来たことは本当だが、相談したいと言うのは咄嗟《とっさ》に出た嘘。でも景子さんにはバレなかったようだ。

「ごめんなさいね。穂花は基本、日曜日はお休みなのよ。今日はお友達とショッピングに行くって」

「そうなんですか。それは残念……」

日曜日が休みだったとは、まったく想定していなかった。お見合いのタイミングにしろ今日にしろ、俺はなんて詰めが甘いんだ。

表情には出さず心の内でガックリ気を落としていると、景子さんが「私でよければコーヒー豆の話聞くけど？」と声をかけられてしまう。あれは咄嗟に出た嘘だとも言えず、どうしたものかと思案していてハタといい案を思いついた。

別に見合いの話を聞くのは、穂花さん本人じゃなくてもいいのでは？　いや逆に、本人じゃないほうがいろいろと聞きやすい。

そうと決まれば違和感のないように、それとなく話を振ってみる。

「そういえば聞きましたよ。穂花さん、お見合いをするそうで」

「そうなんですよ。聞いてください！　副島さんは白川ワイナリーってご存じかしら？　そこの息子さんとの縁談なんですけど、いい話だと思いません？」
「は、はあ。そうですね……」
なにがそうですねだ。穂花さんのお母さんは余程嬉しいのか興奮気味に話している
が、俺の心は穏やかじゃない。
俺自身はビール派でワインはあまり飲まないが、白川ワイナリーといえば山梨県内
で最大のワイナリーだと聞いたことがある。
そこの息子との縁談だと、この店にとっても取引の関係上悪い話じゃないだろう。
景子さんもそれだけのことで喜んでいるわけじゃないとは思うが、穂花さんのお見合
いを楽しみにしているのがひしひしと伝わってくる。
どうやら、彼女のお見合い話は間違いないようだ。
「それなのに穂花ったら、『好きな人はお見合いじゃなく自分で見つけたい』なんて
言って、返事を先延ばしにしてたんですよ」
「え？」
そうだったのか。ということは、穂花さんは今回の見合いを快く思っていない？
だとしたら今からでも遅くない、俺にもまだチャンスは残っている。
心の中で〝よし！〟とガッツポーズを決めると、さっきまでの重たかった気持ちが

軽やかになる。

「穂花さんの言うことも一理ありますね。まだ二十五歳ですし穂花さんはかわいいから、お見合いじゃなくても自然に恋人ができる——」

「副島さん、なに言ってるんですか！　こんなところで働いてたら出逢《であ》いなんてありませんからね。お見合いでもしないと、穂花は一生結婚できません」

「一生ですか……」

そんなことはない。穂花さんが望めば、俺がいくらだって幸せにする。

穂花さんは見合いを迷っている。やっぱりチャンスは今しかない。なにがなんでも今日中に穂花さんに会って想いを伝える。

そう意気込んだのも束の間のことで……。

「でもやっと三日前に穂花からオッケーをもらって、すぐ先方に返事をしたらあちらも大喜びでね。今度の土曜日の午後二時から、オークワホテルでお見合いすることになったのよ」

これこそまさに〝ぬか喜び〟。俺にも運が回ってきたと思ったが、どうやら一時的なものだったようだ。

でも少し気にかかることもある。穂花さんがオッケーを出したのが、三日前だということだ。榊に使いを頼んだ日も三日前で、それは偶然なのだろうか……。

まあどちらにしろ、穂花さんが見合いをすることが変わるわけではない。でもここで諦めるつもりもなくて、こぶしを握る。

幸いなことに、見合いの情報は手に入れた。申し訳ないが、いつもは少々長いなと思っていた景子さんの話も、今日は感謝したい気分だ。

景子さんにいつものコーヒー豆を頼みそれを受け取ると、早々に店をあとにする。

さて、どうするか。

車に乗り込むと「絶対に彼女を手に入れる」と呟き、決意も新たにハンドルを強く握った。

思いもよらないハプニング

時計のアラームが鳴り出し、布団にもぐったまま腕を伸ばしてアラームを解除する。

「九時かぁ……」

実はもう二時間も前から起きていて、目は完全に覚めている。でもなんとなく起きる気にはなれなくて、ただぼんやりと過ごしてしまった。

いつもの私なら、こんなもったいない時間の使い方はしない。六時には起きて軽く朝食をとると手早く身支度を済ませ、店に行って開店の準備をする。これが本来のルーティン。

それは休みの日でも変わらず、仕事をするようになってから一日だって欠かしたことがなかった。それなのに今日は、身体が言うことを聞いてくれない。

その理由はただひとつ。今日は白川さんとのお見合い当日なのだ。

先週の木曜日。副島さんにお嫁さん候補がいることを知り、投げやりな気持ちですぐにお見合いすることを承諾。直後一時の感傷に流されてのことだと気づき、もっとよく考えてから返事をすればよかったと後悔したものの後の祭り。行動の速い母はすでに白川さんに返事をしたあとで、今更やめたいと言えなくなってしまったのだ。

とはいえいつまでも布団の中で丸まっているわけにもいかず、のそりと起き上がるとキッチンへと向かう。

一階にある店に行ったのか、父と母の姿はどこにも見えない。ダイニングテーブルの上に大好物のたまごサンドが置いてあるが、手を伸ばしかけてそれをすぐにひっこめた。

まったくと言っていいほど、食欲が湧かないのだ。

でも喉は渇いていて冷蔵庫からミネラルウォーターを取り出し椅子に腰かけると、それを一気に喉へと流し込む。身体は潤ったもののモヤモヤとした気持ちは晴れず、それでも仕方なく重い腰を上げて出かける準備を始めた。

普段より丁寧に化粧を施し、髪は華やかさや清潔感が出るハーフアップにまとめる。

服装はこの前のショッピングのときに真琴に選んでもらった、ピンクベージュのジョーゼットワンピース。ネイビーのほうが落ち着いて見えていいんじゃないかと真琴に聞いたところ、『二十代なんだから、ダークカラーより明るめの色のほうが雰囲気がよく見える』なんだそう。真琴とは同級生だけど、こと恋愛に関しては彼女のほうが経験豊富で、素直に従うことにした。

普段はほとんど着ることのないフォーマルなワンピースに少し窮屈さを感じながらも、身支度を整えると姿見の前に立つ。そこには自分じゃない自分が映っていて、なにをしているんだろうと空虚感に襲われてため息が漏れた。

こんな気持ちのまま、お見合いに行ってもいいのだろうか。今回のお見合いが白川さん本人が望んだものだとしたら、私の軽率な行動は申し訳が立たない。

白川さんに会って、ちゃんと謝ろう。副島さんへの想いが実らなかったからって、いい加減な気持ちでお見合いの話を受けてしまったことを。

幸いなことに今回は、お見合いといっても堅苦しいものではなく、ホテルのラウンジで白川さんと私のふたりだけ。どんな感じになるのかお見合いなんて初めてで想像もつかないけれど、とにかくこれ以上話が進まないように、正直な気持ちを伝えることが先決だ。

そう心を固めると、ほんの少しだけ気が軽くなる。すると食欲も少し戻って、たまごサンドをひと口だけかじった。母の作ったたまごフィリングの優しい味が、身体中に染み渡る。

お見合いを断ったからといって副島さんとどうなるわけではないけれど、彼のことを好きな気持ちだけは誤魔化したくない。

手に持っていた最後のたまごサンドを口の中に押し込み、ミネラルウォーターを飲み干す。部屋に戻ってバッグを持つと、姿見の前でもう一度自分の姿をチェックしてから玄関へと向かった。

待ち合わせのオークワホテルまでは、電車で一時間ほどかかる。最近はショッピングや映画を観《み》るのはもっぱら郊外の大型商業施設に行くことが多く、都心に出向くのは久しぶりのことで緊張感は半端ない。

なんだか、私ひとりだけ浮いているようで気恥ずかしい。

それでもなんとかホテルに到着すると、待ち合わせのラウンジに向かった。辺りをさっと見渡すが、白川さんはまだ来ていない。

それもそのはず。約束の時間までは、まだ一時間ある。白川さんより早く着いて心の準備をしようと思っていたけれど、周りを見れば上品でセレブな感じの人たちばかりで逆に落ち着かない。

居心地の悪さに早く席につこうと、ウェイターに声をかけた。美しい日本庭園がよく見える窓際の席に案内されて、ここなら落ち着けるとソファーに座りホッと息を吐いた。

待つのは想定済み。こんなこともあろうかと、バッグの中からお気に入りの恋愛小説を取り出した、そのとき。

「逢沢さん」

突然名前を呼ばれて、ドキッと顔を上げる。そこには男性が立っていて、慌てて立ち上がった。

「白川さん。こ、こんにちは。本日は、よろしくお願いいたします」

今日はお見合いで、店で会ういつものときと勝手が違ってギクシャクしてしまう。それは白川さんも同じだったのか、困ったように苦笑いしている。

「こちらこそ、よろしくお願いいたします。立ち話もなんですから、座りませんか?」

「あ、はい……」

白川さんがソファーに座ると、私も軽く会釈をしてから腰を下ろす。白川さんはコーヒーを、私はミルクティーを注文し、俯きがちに彼のことをチラッと覗き見た。

お断りするなら早いほうがいい。そう思っているのに、白川さんは穏やかに微笑んでいて、いきなりごめんなさいと言うのは人としてどうなのだろう。

はぁとため息が出そうになって、素早く口元を手で隠すとほんの少し俯く。そんな私の耳に柔らかい笑い声が聞こえた。ハッとして顔を上げると、白川さんの親切そうな双眸《そうぼう》と合わさる。

「ふたりだけでとお願いしてよかった。逢沢さんも、このお見合いは乗り気じゃなかったんでしょ？」

「え？　なんで、それを……って、〝も〟っていうことは白川さんも気が進まなかったんですか？」

「はい、実は。あなたを目の前にしてこんなことを言うのはどうかと思いますが、僕も父親に押し切られて断ることができなかったんです。いい歳をして恥ずかしい話ですが」

そう言って苦笑いしながら後頭部を掻く白川さんからは、人のよさが窺える。彼もまた同じ気持ちだったことを知り、どう切り出そうかと思い悩んでいた緊張から解放された。

話を聞けば、三十五にもなって恋人のいない白川さんに痺れを切らした父親が、誰かいい人はいないかと探していたところ、前々から好印象だった私に白羽の矢が立った……ということらしい。

好印象なんてありがたい話だけど、やっぱり結婚は前向きな気持ちが大切で。お互いに気の進まないお見合いから恋に落ちる可能性など、万が一にもないに等しい。

「私も同じようなものです。母に勧められて、なんとなく……」

「わかります。お見合いが悪いとは言いませんが、できることなら好きな人は自分で見つけたいと思っています」

「え？　白川さんも？　実は私もまったく同じことを思ってました。なんて言っても、二十五になっても彼氏がいたためしがないんですけど」

白川さんも同じだったことが嬉しくて、つい余計なことまでしゃべってしまった。恥ずかしさに照れ笑いをすると、白川さんが小さく首を横に振った。

「そんなことはありませんよ。あなたはとてもかわいい人だと思います」

「わ、私がかわいい？　まさか、そんなこと……」

「案外自分のことは、自分ではよくわからないって言いますからね。僕に結婚願望さえあれば、あなたを絶対に手に入れようと躍起になっていたと思いますよ」

白川さんはそう言って、いたずらっぽく笑う。冗談だとわかっていても照れくさくて、頬が熱くなった。

そのあと白川さんは、今はなにより仕事が大事なこと、ブドウが恋人のようなもので結婚は二の次だということを穏やかな表情で話してくれた。

やっぱり白川さんはいい人で、いつの日か素敵な女性に巡り会えますように——そう願わずにはいられない。

それからしばらくの間、たわいのない会話をふたりで楽しむ。一息入れようとティーカップに手をかけた私に、白川さんが少し不思議そうに話しかけてきた。

「逢沢さん。今日はこのあと、どなたかとお約束でも？」

なんで急にそんなことを聞くのだろうと、ミルクティーを飲もうとした手を止める。視線を上げて白川さんを見るが、やっぱり穏やかな表情をしているだけでその意図がわからない。

「いえ、誰とも約束はしていませんが。どうしてそんなことを聞くんですか？」

小首を傾げる私に、白川さんがふっと微笑んだ。

「先ほどからこちらを見て、このお見合いが終わるのを今か今かと待っている——そのように見受けられるので」

「はい？」

どういうこと？　誰かがどこかで、私たちのことを見ているというの？

白川さんに言われて彼の視線の行方を辿り、ゆっくりと後ろに振り向く。私の目の先、少し離れた席に座っていたのは……。

「副島さん!?」

慌てて立ち上がった拍子にテーブルにぶつかり派手な音を上げて、周りの注目を浴びてしまう。いたたまれない気持ちにくるっと反転すると、何ごともなかったようにストンとソファーに座る。でも心臓はバクバクと激しく動いて、呼吸がうまくできない。

なんで副島さんがここにいるの？

私が今日ここでお見合いすることを、副島さんは知らないはず。それなのに、どうして彼がいるの？　偶然？　それとも……。

気が動転して、なにがなんだかわからない。頭の中が真っ白になって、ラウンジには人が大勢いるというのに話し声すら聞こえない。

でもただひとつ、こちらに歩いてくる副島さんの靴音だけが耳に響いて、身体が緊張感に包まれた。

「失礼いたします」

副島さんの落ち着いた、でもいつもより少し低めの声に、恐る恐る顔を上げる。彼への想いは胸の奥に秘める……そう決めていたのに、顔を見ると熱いものがこみ上げた。

でも副島さんは私を見ることなく横を通り過ぎると、白川さんの横に立ち深く頭を下げる。

「突然お邪魔をする非礼を、どうかお許しください」

いつもと変わらず真摯な副島さんだが、彼がこんな礼儀に反したことをするなんて、本当にどうしたのだろう。

「副島さん……」

偶然居合わせたというには、やけに表情が硬い。邪魔をしているとわかっているということは、副島さんはこの場がお見合いだと知っているということだろう。

副島製薬の副社長ともあろう人が、なんの考えもなく行動するとは到底考えにくい。お見合いのことをどこで知ったのか、この場に来た理由もさっぱりわからない。

白川さんは白川さんで、この状況を怒ってもよさそうなのに、ソファーにゆったりと座ったまま面白がるような目で私を見ている。

まったくの想定外の出来事に頭がついていかない私は、あたふたするばかり。

「穂花さん。今すぐにどうしても、君に伝えなきゃいけないことがある」

「で、でも私は今、お見合いの最中で……」

副島さんがここへ来てから何分経っただろう。彼とやっと目が合って、すかさず顔をそむけた。

「お見合いの最中……だからです」

「え？　な、なにを言ってるんですか？」

彼の言ってることがやっぱりわからなくて、思わず副島さんを見上げた。鋭く、でもなにかを求めるような真っすぐな瞳に、吸い込まれそうになって息を呑む。

「か、帰ってください」

副島さんが私になにを伝えたいのか……。聞きたい自分を押し殺し、なんとか言葉を紡ぎ出す。俯いた私の耳に、白川さんの声が届く。

「いや。今この場に必要ないのは、どうやら僕のほうみたいだ。逢沢さん、お見合いのことは心配しないで。父には僕のほうからうまく言っておきます。とにかく今は落ち着いて、ふたりでゆっくり話し合ってくださいね」

「白川さん……」

顔を上げると、白川さんは穏やかに微笑んだ。

「また仕事でお会いしましょう。じゃあ」

白川さんはそう言ってソファーから立ち上がり副島さんに会釈すると、まるでそよ風のようにその場から去っていった。

もともと断ろうと思っていたお見合いだったけれど、まさかこんな予想だにしなかった展開になるとは……。

白川さんが『また仕事で会いましょう』と言ってくれて、ほんの少し心が救われる。小さくなっていく白川さんの後ろ姿に、心の中で『ごめんなさい』と呟いた。気が抜けたように力なくソファーに座ると、両手で顔を隠し重いため息をついた。

お見合いは思いがけない形で終わったけれど、まだ目の前の問題が解決したわけじゃない。頭の中は混乱したまま、周りの視線も気になって居心地が悪い。

今はとりあえずこの場から早く離れたくて、バッグを手に取り立ち上がると副島さんを見ることなく歩き出す。そのまま彼の横を通り抜けようとした無防備だった私の腕を、副島さんが力任せに掴んだ。

驚いて身体を震わせると、反射的に副島さんの腕を振り払う。でもそれは痛いくらいにしっかりと掴まれていて、容易に払いのけることはできない。

「離してください」

「まだ話が済んでいないからね、離すわけにはいかない。ここではなんだから、場所を変えよう」

さっきから痛いほどの視線にさらされている。できれば手は離してほしかったけれど、ここは副島さんの言うことに従おうと「はい」と小さく頷いた。

無言のまま彼に手を引かれ、エレベーターホールへと向かう。履き慣れないヒールのあるパンプスで少し足が痛むが、それを知ってか知らずか副島さんの歩くスピードがゆっくりで助かった。

どこに行くつもりなんだろう……。

そう思ったのも束の間。エレベーターで向かっているのはホテルの地下の駐車場で、初めて見るダークブルーのセダンの助手席に半ば押し込まれるように乗せられた。

私が逃げ出すとでも思ったのか、副島さんは急ぐように運転席に乗り込むとガチャッと鍵をかける。

しばらく口を開かず、なにかを考えているのか副島さんはハンドルを握って真っすぐ前を向いたまま。さすがに気になって彼の横顔を覗き見たけれど、その表情からは感情を読み取れない。

何度考えても、どうして彼がここに来たのかさっぱり理解できない。大好きな人が目の前にいるのに、なんだか急に悲しくなってくる。

車の中という狭い空間にふたりきりでいるのが苦しくなって、副島さんから視線を外し俯いた。

「伝えたいことってなんですか？　ないのなら、私はここで」

失礼します――そう言う前にいきなり腕を引かれ身体が傾き、え？　っと思う間もなく、なにかに包み込まれた。

それは力強く温かい、まるで大きなクマのぬいぐるみにくるまれているような心地よさだ。

なんて気持ちがいいの……。

そのまま身を預けてしまいそうになったとき、ふと自分のものではない鼓動を感じて顔を上げた。すぐ目の前に副島さんの眉目秀麗な顔があって、自分が副島さんに抱きしめられていることに気づく。

「え？　いやっ……」

なんでこんなことになっているの？

我に返り、慌てて離れようと彼の腕の中でもがいてみる。でもそれは逆効果だったようで、さっきよりも強く抱きしめられて「うっ」と小さく悲鳴を上げた。

「穂花さん、ごめん。でもこのままで聞いてほしい」

いつもは紳士的で穏やかに話をする副島さんなのに、余裕なく焦っているような様子に驚きが隠せない。彼の身体が小刻みに震えているのが伝わってきて、強張《こわば》っていた身体から力を抜いた。それに気づいた副島さんが私の耳元で「ありがとう」と甘く囁《ささや》き、熱い吐息が耳に触れ全身がゾクゾクッと痺れる。

途端に身体が熱くなって、恥ずかしさにあたふたしてしまう。

「からかわないでください」

「からかうだなんて、とんでもない。穂花さん、君は本当にかわいい人だね。そんな君だから、俺は穂花さんのことを好きになったんだと思う」

副島さんは身体を少しだけ離すと、私の両頬を包み込んで顔を寄せた。彼の瞳に、私の顔がはっきりと映っている。

どうして、そんなゆるぎない瞳で私を見つめるの？　あなたが本当に思っているのは、私じゃないのに……。

このままずっと彼の瞳に囚《とら》われていたい——そう思うのに、それは許されないことなんだと目を逸らす。

「私のことが好きだなんて、嘘は言わないでください」

「嘘じゃない。だってそうだろう、俺はずっと君のことが……」

副島さんは心外だと言わんばかりに声を荒らげ、でもその声は、尻すぼみに小さくなっていく。弱々しく消えてゆく声に、胸がぎゅっと締めつけられた。

「副島さんにはお嫁さん候補の女性がいるんですよね？　榊さんからお聞きしました。

それなのに私のことが好きだなんて、矛盾してます」

蚊の鳴くようなか細い声で呟くと、副島さんは目を伏せ「そうだったね……」とひとこと眉間にしわを寄せた。

きっと榊さんから話を聞いていたのだろう。副島さんは私が榊さんの名前を出した時点で表情が曇り、身体をそっと離すと自分は運転席に戻りハンドルを握って突っ伏してしまう。一分ほどそうしていたかと思うと大きく息を吐き、身体を起こして私のほうへと向き直った。

その顔はもう、優しくて真摯ないつもの副島さんだ。

「榊から俺に嫁候補がいると聞いたのは、店に彼を使いにやった日だったね？」

「はい。榊さんからパーティーに誘われたと聞いて、初めは榊さんのことだと思っていたんですけど、実は副島さんのことだと知ってショックで……」

あの日のことを思い出し、しゅんと肩を落とす。

「ショック？　穂花さん、今ショックって言った？」

グッと顔を寄せた副島さんが、そう言って私の肩を掴む。自分でも気づかないうちに、とんでもないことを言ってしまったと慌ててそっぽを向く。隠していた気持ちがバレてしまったかもと、心臓はバクバクと忙しなく動いていて胸が苦しい。

決定ではないと言え、お嫁さん候補がいる人に恋なんてしちゃいけない――。

そう思ってその気持ちを胸の奥にしまい必死に押し殺してきたというのに、副島さんの『好きになった』の言葉に動揺して言わなくてもいいことまで言ってしまった。

でも一度声に出して言ったことは、今更消すことはできない。冗談だと言っても、素直に聞き入れてはくれないだろう。

だったら……。

想いは届かなくてもいい、ただ気持ちを伝えるだけ。

勝手なことを言っているのは重々承知。それでもやっぱり副島さんへの想いを伝えないと、この先前へは一歩も進めないのだ。

人生で初めての告白の前に、鼓動が痛いほど速くなる。それにつれて呼吸が荒くなり、落ち着きを取り戻すように大きく息を吸い込むとそれをゆっくり吐き出した。

彼を見つめる瞳が揺れる。言葉にする前から想いがこみ上がり、それが涙となって目から溢《あふ》れ出す。

「穂花さん、なんで泣いて――」

「好きです。副島さんのことが好き。こんなこと、副島製薬の副社長でお嫁さん候補がいる人に言ってはいけないことなのはよくわかってます。だから諦めようって……。

でも……それでも私は……うぅっ……」

副島さんが優しい目で見ているから涙が止まらない。それはやがて嗚咽《おえつ》に変わり、それ以上なにも言えなくなってしまった。

俯き小刻みに震える身体を、副島さんが抱きしめてくれる。優しい副島さんのことだ、目の前で泣いている私を放っておけないだけなのだろうけれど、その優しさは今の私には酷というもの。

まるで壊れ物を扱うようにふわっと柔らかく抱かれたら、勘違いしてしまいそうになる。何度か抵抗を試みるが、まったくといっていいほど歯が立たない。

「お願いです、離してください。これ以上、優しくしないで。今私が言ったことは、全部忘れてください」

絞り出すようにそう言うと副島さんに頬を包み込まれ、ちらりと彼を上目遣いに見上げる。なにを思ったのか、副島さんは苦笑すると私の目の縁の涙を拭い始めた。

「それは無理なお願いだね。君になんと言われようとも離すつもりはないし、これからはもっと優しくする。穂花さんのことが好きだからね」

とんでもなく甘い言葉を囁かれて、スルスルと身体の力が抜けていく。甘やかな瞳で見つめられると、抵抗する気も失《う》せてしまう。

「ど、どういうつもりですか？　冗談はやめてください。副島さん、結婚するんですよね？」

本当は結婚なんてしないでほしい――その想いが、私の口調を弱々しいものにさせる。

「今はなにを言っても信じてもらえないかもしれないが、結婚はしない。そのことについてもきちんと説明するから、俺に時間をくれないか？」

副島さんの顔から微笑が消える。私に向ける真剣な眼差しは、嘘を言っているようには見えない。彼がそこまで言うからには、なにか理由がある？

聞きたいような、聞きたくないような……。

複雑な思いが胸を埋め尽くす。嫌だと言ったところで離してもらえないのは明白だし、これ以上ここで時間を費やすのは良策ではない。

白川さんにも『ふたりでゆっくり話し合ってください』と言われたのを思い出す。とにかく今は副島さんの話を聞く、モヤモヤした気持ちのままでは帰るに帰れない。

幸いなのか、このあとにはなんの予定もない。家を出るときタイミングよく店から戻ってきた母には『今晩は遅くなってもいいからね』なんて意味のわからないことを言われているから、早く帰る必要もない。

さすがに母でも、まさかこんなことになっているとは夢にも思ってないだろうけど……。

「わかりました」

そうひとことだけ伝えると、副島さんはいつもの柔らかい嬉しそうな笑顔を見せる。

それだけで胸がキュンと疼《うず》いてしまう私は、まだまだ副島さんのことを諦められそうにない。

「穂花さんに納得して信じてもらえるまで帰さないから、覚悟だけはしておいてね。車の中で話すようなことではないし、俺のマンションに行くけどいい？」

「副島さんのマンション……」

副島さんはさっき『結婚はしない』とは言ったけれど、結婚相手がいることは否定しなかった。

それなのに彼のマンションへ、本当に行ってもいいの？

どうしたらいいのか迷っている私を余所《よそ》に、副島さんは返事を待つことなく車のエンジンをかけ発進させる。

「あ……」

「なに？」

「い、いえ。なんでもありません」

もうこうなったら〝あとは野となれ山となれ〟じゃないけれど、なるようにしかならないと覚悟を決めて助手席のシートに身体を沈めた。

このときの私の顔は、きっと赤く染まっていたに違いない――。

幸せと戸惑いのはざまで

ほとんど無言のままで連れていかれたのは、広尾《ひろお》、恵比寿《えびす》、青山《あおやま》、代官山《だいかんやま》、六本木《ろっぽんぎ》に囲まれたエリアのほぼ中心。並木道に沿ってカフェやレストラン、ショップが点在する駒沢通り《こまざわどお》りから一本奥に入った緑豊かな落ち着いた閑静な住宅街にある五階建ての低層高級デザイナーズマンション。

品格が漂う重厚感のある外観と、白を基調にしたモダンな穏やかで美しい建物の佇《たたず》まい。敷地内には多くの木々が植栽されていて、心落ち着く安らぎの空間が作られている。

副島さんは広い敷地内の平置きの駐車場に車を停めると、急ぐように車から降り助手席側に回ってきてドアを開けた。

「ここが俺の住んでいるマンション。緑が多くて、なかなかいいところでしょ？　さあ降りて」

指が長いスラッとした手が差し出され、戸惑いながらもその手に自分の手を重ねる。

軽く腕を引かれ車から降り立ち上がったのに、副島さんは掴んだ手を離そうとしない。

「あ、あの。手を貸してくださって、ありがとうございます」

だからもう、離してもらっても大丈夫——そんな意味を込めて言ったのに、副島さんは「うん」と言うだけで少しも離す気配を見せない。それどころか指を一本一本絡めるいわゆる〝恋人つなぎ〟にするから、密着度が高まってドキドキが止まらない。

手汗が気になるんですけど……。

男性と手を繋《つな》ぐなんて、小学生のときの運動会でフォークダンスを踊って以来。慣れてないのはもちろんのこと、副島さんは恋人でもなんでもないのに手なんて繋いでいいのだろうか。

副島さんは機嫌がいいのかふんふんと鼻歌を歌いながら、まるでリゾートホテルのようなエントランスに入っていく。あまりの豪華さにきょろきょろしながら手を引かれるままについていくと、副島さんはカウンターにいる男性と会話を交わし大きな手提げ袋を受け取りエレベーターホールに向かう。

「このマンションには日常の細かな手伝いをしてくれる、コンシェルジュが二十四時間常駐しているんだ。これは、クリーニングから戻ってきたスーツ。ひとり暮らしだからね、いろいろと助かってるよ」

そう言って手にした袋を私に見せるように上げ、副島さんは照れたように笑う。その微笑んだ顔がかわいすぎて、一瞬で頬が熱くなった。

大人な副島さんを見て、かわいいだなんて……。

いけないものを見てしまったような感覚に、邪念を飛ばそうとかぶりを振る。エレベーターホールで歩みが止まり顔を上げると、副島さんが私を見ていて思わずぎょっとしてしまった。

「どうかした？　それとも、どこか気分でも悪い？」

頭を振る私が挙動不審に見えたのか心配そうにそう言うと、繋いでいた手を離しそれを腰に回して私の身体を引き寄せた。「あっ」小さな声がこぼれたのと同時に、副島さんの胸にトンと当たり抱きしめられる。

「これでもう大丈夫」

副島さんは私を抱えるように抱きながら、エレベーターの上のマークのボタンを押した。

なにがどう大丈夫なのか。私は全然、大丈夫じゃないんですけど……。

幸いなことに、エレベーターホールには私たち以外に人はいない。それでもやっぱり恥ずかしくて、エレベーターのドアが開くと、副島さんを引っ張るように乗り込んだ。

「そんなに急がなくても、エレベーターは逃げていかないから大丈夫だよ」

本気なのか冗談なのか副島さんはそう言うと、くすくすと笑い出す。

エレベーターが逃げるなんて理由で、早く乗り込んだわけじゃないのに……。

笑われたことが腑に落ちなくて頬を膨らませていた私の身体を、副島さんがくるりと回す。向かい合う形になると少し屈《かが》み、私のおでこにチュッと音を立ててキスをした。

それはほんの一瞬のことで、すぐに離れた。けれど彼の柔らかくて熱い唇の感触はまだ残っていて、突然羞恥心に襲われて慌てて両手でおでこを隠した。

「な、なにするんですか!?」

副島さんてもっと真面目で真摯な人だと思っていたけど、私の勘違いだったみたい。今日の副島さんはいつもの彼と全然違って、そのギャップに驚くことばかりだ。

「かわいい穂花さんにキスしただけだけど。もしかして、唇のほうがよかった？」

「どっちも、よくありません！」

副島さんったら、本当になにを考えているの？　婚約者のこととか結婚のこととか、まだ話は終わってないのに、どうしてそんなにテンションが高いわけ？

『穂花さんに納得して信じてもらえるまで帰さない』なんて言ってたけれど、話の内容によってはそれさえもどうなることやら……。

エレベーターはあっという間に五階に到着しドアが開くと、そこにはもうプライベートのような空間が広がっている。

「このマンションは全部で十五戸しかなくて、五階には二戸あるだけ。それもそれぞれに独立しているから共用部はなし。今乗ったエレベーターも専用で、このカードがないと開かないようになっているんだ」

そう言って副島さんは、ゴールドに輝くカードを見せてくれる。まさにエグゼクティブといった感じで、「はぁ……」とため息のような返事をする。

あまりにも自分とかけ離れた話に、頭がついていかない。普通の一般家庭で育ってきた私には夢のような話で、これは現実なのかと頬をつねって確かめたい——そんな気分だ。

「とにかく中へ入って。飲み物は、君のところで買っているコーヒーでいい？」

「お、お構いなく」

男の人の部屋に行くなんて人生初のことで、「お邪魔します……」と緊張しながらも副島さんのあとについて部屋に入りリビングでコートを脱ぐ。朝からよく晴れて気持ちのいい日だけど、十一月初旬にしては少し肌寒い。でも部屋の中は快適で、大きな窓から入り込む日差しが心地いい。

部屋からは、ふわりと微《かす》かに副島さんの香りがする。

白とグレーでコーディネートされた部屋は、シンプルでミニマリストな、まるで映画のワンシーンのような海外スタイルにまとめられている。

壁に飾られている絵やところどころにあるグリーンの差し色が大人でお洒落《しゃれ》なのにどこか優しい雰囲気を醸し出していて、初めて来たのに落ち着ける。

……って、なに言ってるの。落ち着いている場合じゃないでしょ。

そう自分に言い聞かせソファーの前に直立不動で立っていると、近くまで来た副島さんに腕にかけていたコートをヒョイと抜き取られてしまう。

「このコートは、こっちで預かるね。穂花さんは……はい、ここに座って」

そう言って肩を掴まれたと思うと、ストンとソファーに座らされる。私のコートを丁寧にハンガーにかけリビング入り口のクローゼットにそれをしまうと、淹れたてのコーヒーを持ってきてくれた。うちで売っているコーヒーだとわかっていても、深煎《ふかい》りの甘くて芳ばしい香りに鼻をくすぐられ癒やされる。

「穂花さんみたいにうまく淹れることはできないけど、今日はうまくできたほうかな」

副島さんは謙遜してそう言うが、この香りは初心者に出せるものではない。それに……。

「私だってまだまだ、父にはかないません。でも淹れるのは、もちろん技術も大切ですが、気持ちも大事だと思うんです。このコーヒーからは、副島さんの優しい気持ちが香ります」

そう言ってひと口飲むと、まるで果実のような爽やかさときめ細やかなコクが口の中に広がる。ホッとする味に、いつの間にかリラックスしている自分に気づく。隣に座っている副島さんに、笑顔を見せられる余裕も出てきた。

「やっといつもの穂花さんの表情に戻った」

「え？」

「無理やり連れてきた俺がこんなことを言うのはおかしいけど、君にムスッとした顔は似合わないと思っていたからね」

「ムスッとって……」

副島さんの勝手な行動がそうさせているというのに、ムスッとなんてひどい。私だって副島さんの前では、いつでも笑顔でいたい……そう思っているのに。

不満だと言わんばかりに頬を膨らますと、それを指でプスッと突かれる。副島さんは笑いながら、「もう」と怒ってみせる私の両手をそっと掴んで包み込んだ。

「そんなに怒らないで。穂花さん、俺の話を聞いて」

店に来るときと同じ優しくて柔らかい笑顔を送られて、心の中がスッと凪《な》いでいく。話をするためにここに来たのだと、彼のほうへと向き直る。

手はずっと、このままなんだろうか……。

離してくださいと言うのは簡単だが、今日の副島さんを見ていると、そう言ったところで離してくれないのは目に見えている。

向かい合ったまま手を握られて話をするのは恥ずかしいけれど、真剣な話をするときはちゃんと目を見て話すように——と母に言われた言葉を思い出し、真剣な面持ちで真っすぐに彼を見つめる。

私の気持ちが伝わったのか、また副島さんも緩めていた表情をキリッと引き締めた。

「まずは、今日の見合いの場を邪魔立てしたことを謝りたい。申し訳なかった」

深々と頭を下げる副島さんに、慌てふためいてしまう。なにをどう話せばいいのか頭の中で整理していると、副島さんがゆっくりと顔を上げた。

「やっぱり、怒ってるよね？」

まるで母親に叱《しか》られた小さな子どもみたいな許しを乞《こ》うような目に、胸が疼き表情が崩れる。

「もう怒ってはいません。副島さんがあの場に現れたときは、どうしてここへ来るのって思ったのは本当です。でもそれは、お見合いを邪魔されたからじゃなくて……」

「嫁候補がいるのに、ひどい男だと思われたわけだ」

「そんな！　ひどい男だなんて……少しも思ってません。なにを考えているのかは、さっぱりわかりませんでしたけど」

いきなりお見合いの場に現れて『伝えたいことがある』なんて。たまたまふたりとも気乗りしていなかったとはいえ、お見合いはお見合いなのだから非常識にもほどがある。私と白川さんが人生をかけて臨んでいたのなら、どう責任を取るつもりだったのだろう。

……なんて面と向かっては言えなくて、ふてくされて唇を尖らすとそっぽを向いた。

「お見合いの話はずいぶん前に母から言われて、でもすぐには返事ができなくて待ってもらってたんです。でも榊さんから副島さんにはお嫁さん候補がいると聞いて、もうどうでもいいやって自棄な気持ちでお見合いすると言ってしまって……」

どう説明したらいいのか、自分でもなにを言っているのかわからなくなる。でも副島さんは時々相槌を打ちながら、私の話を一生懸命聞いてくれている。

「今日のお見合いは、初めから断るつもりだったんです。中途半端な気持ちのままお見合いをしても後悔すると思ったし、白川さんにも申し訳なくて」

「ということは。俺があの場に行かなくてもお見合いは……」

「お互いに気が進まないお見合いだったので、あれでおしまいです。だからといって、いきなり乱入してくるのは反則です」

白川さんがいい人で気を使ってくれたからよかったものの、普通なら大ごとになっていたかもしれないのに……。

いさめるような視線を向けると副島さんはいたたまれなくなったのか、珍しく私から目を逸らしため息をつく。

「穂花さんの言う通りだ。事情があったにしろ、俺の取った行動は許されるものじゃない。本当にすまなかった」

「わかりましたから、もう謝らないでください」

またしても頭を下げる副島さんに、そんなつもりじゃなかったと慌てて身体を近づけた。距離感を間違えた上に勢いがつきすぎて、副島さんをソファーに押し倒してしまう。

グッと顔が近づく。その距離は数センチ。

雅やかで端麗な顔が柔らかく微笑んで、思わず息を呑んだ。

「穂花さんから来てくれるなんて、これは喜んでいいのかな？」

「え、えっと、これは――」

「君が好きだ」

耳元に寄せられた唇が、あまりにも甘い言葉を囁く。それは私の思考を止めるのに十分で、なにも考えられなくなってしまう。熱い眼差しで見つめられて、身動きすらできない。

「で、でも……」

「嫁候補のことだよね。じゃあ、このままで聞いてもらおうかな」

「このままって……きゃっ」

副島さんは私の背中に腕を回すと、そっと抱きしめる。私の身体は副島さんの上に乗っかったままだ。

「お、重いですよね？」

「全然。むしろ軽いぐらいだから、このまま離れないで」

そう言うと、副島さんは抱きしめている腕の力を少しだけ強めた。今日の副島さんにはなにを言っても離してもらえないだろうと、彼に身を預けてみる。

結果。それを快諾とみなした副島さんはホッとしたのか腕の力を緩め、ためらいがちに口を開いた。

「榊が言った通り、俺には親が勝手に話を進めている嫁候補がいる。俗にいう〝政略結婚〟というやつだ。でも俺は、それを受け入れるつもりはない。そのことについては再三伝えてなんとか回避しようとしているが父も頑固な人でね、なかなか首を縦には振ってもらえない」

副島さんに抱きしめられたまま身体を横たえられて、寝ころんで向かい合う形になる。グッと身体を引き上げられると、目線が同じ高さになった。

声だけを聞いているときは悩んでいるように感じたけれど、その目はまったく揺らいでいない。それどころか、なにか強い意志を持った眼差しを私に向けていて、胸を揺さぶられる。

政略結婚——。

聞いたことはあっても身近ではない話に、あまり実感が湧かない。でもなんとなく、副島製薬ほどの大企業になると世間体やそれなりの繋がりが必要なんだろう……くらいのことは、無知な私にでもわかるというもの。

きっと相手もどこぞの企業のお嬢様で、私なんかが太刀打ちすることができないくらい清楚で美しい女性だろう。

会ったことも見たこともない女性なのに比べるだけでもおこがましいけれど、すでに勝ち目はない。

思わずため息を漏らすと、副島さんは私の頭をそっと撫でて目をしっかりと合わせた。

「でも俺は絶対に諦めない。愛のない結婚をしたところで、お互いに幸せにはなれないからね。いくら会社のためとはいえ子どもは親の道具ではないし、それに……」

副島さんは柔らかく目を細め、私の右頬に手を添える。

「俺が好きなのは穂花さん、君だ。さっきのお見合いでふたりが楽しそうに笑っているのを見て、かなり焦ったよ。君を持っていかれるんじゃないかと思ってね」

「持っていかれるだなんて……」

さっきから何度も口にしてくれる、〝好き〟の言葉が嬉しくて仕方ない。でも反面、素直に喜べない矛盾した気持ちも持ち合わせていて……。

副島さんは諦めないと言ってくれたけれど、彼は副島製薬の次期社長なのだ。こんな言い方はよくないかもしれないけれど、自分の感情だけではどうにもならないことがあるんじゃないかと思うのは私だけ？

彼が嘘をつく人だとは思ってない。真面目で優しい人だから、有言実行のために無理をしないか心配になる。

「ところで。穂花さんさっき、俺に嫁候補がいると知ってショックだったと言ったよね？　あれって、どういう意味？　俺だけがいろいろ話すのはフェアじゃない。穂花さんの気持ちをもう一度聞かせてほしい」

「え？　私の気持ち……ですか」

そんなこと今更聞かなくても、もうわかってると思うんですけど……。

突然話を振られて、戸惑うばかり。私の気持ちなんて今更ですかと、恥ずかしいやら困惑するやら躊躇してしまう。

でもよく考えてみれば、まだちゃんと告白はしていない。副島さんのことは好きだけど、本当に好きだと伝えてもいいのだろうか。

「やっぱり嫁候補のことが気になる？」

「……はい。気にならないといったら嘘になります。それに、私なんかが副島さんに恋してもいいんでしょうか？」

「穂花さん。もうそれ、俺のことが好きって言ってるのと同じだよね。それに、私なんかだなんて言わないでほしい。穂花さんは素敵な女性だ、君以外は考えられない。

だから俺のことを信じてほしい」

副島さんの口から熱く語られる言葉は、どの言葉にも心がこもっていて。どれもが真実だと伝わってくるから、泣きそうになるくらい胸がいっぱいになる。

自分の気持ちを副島さんに伝えたい――。

迷いも戸惑いも消えて、彼のことを信じたいと素直にそう思える。

胸の奥からこみ上げる気持ちをどうにも抑えきれなくなって、すうっと息を吸い込んだ。

「副島さんのことが好きです。私も、副島さん以外は考えられません」

小さな声でそう言うと、急に羞恥心に襲われて慌てて彼の胸に顔を埋《うず》める。

い、言ってしまった……。

初告白とはいえ、まさかこんなにも恥ずかしいとは思わなかった。穴があったら入りたい……まさに、そんな気分だ。

熱くなった顔を上げることができず胸に埋めたままでいると、副島さんが私の身体を引き寄せ強く抱きしめた。苦しくなるほど抱きしめられて、彼の胸に手を押し当てる。

「そ、副島さん、苦しい……」

「え？　あ、悪い。あまりの嬉しさに、ブレーキが利かなくなったみたいだ。あ～よかった」

副島さんは少しだけ身体を離すと、私のおでこに自分のおでこを合わせる。鼻と鼻がぶつかるような距離に、ドキッと心臓が跳ねた。
キ、キスされるかと思った……。
二十五歳になるまで彼氏がいなかったんだから、もちろん誰ともキスしたことがない。さっきエレベーターの中で初めておでこにキスされたけれど、まだその感触が残っていて、思い出すだけで胸がドキドキと鼓動を速くする。

おでこでこんなことになるのに、唇にキスされたらどうなっちゃうの？

なんて。ついさっき気持ちが通じ合ったばかりなのに、私ったらなにを考えてるのよ。キスは当分お預け。今はまだ抱きしめられるだけでいっぱいいっぱいなのだ。

「穂花」

「はい」

名前を呼ばれて、そろっと目だけ上げる。黒みを帯びた褐色の大きな目が、ゆっくりと弧を描く。

あ、あれ？　何気に『はい』なんて返事をしてしまったけれど、副島さん今〝穂花〟って名前を呼ばなかった？　私の聞き間違い？

副島さんの目をじっと見つめ、眉根を寄せて首を傾げる。数秒前までの記憶を辿っていた、そのとき。

「穂花、好きだよ」

今日何度目かの〝好き〟の言葉と共に贈られたのは、とんでもなく甘い唇へのキス。

穂花〝さん〟の敬称がなくなっただけでも呼ばれ慣れていなくて落ち着かないのに、不意打ちのキスに頭の中は大混乱。思考は完全にマヒして、目を大きく開けたまま動けなくなってしまう。

「ごめん。穂花のかわいい顔を目の前にしたら、欲望に駆られて気持ちが抑えられなくなってしまった。その反応は、もしかして初めて？　顔が真っ赤だ」

副島さんは指先で私の頬に触れ、輪郭をゆっくりなぞっていく。その指が唇に到着すると、副島さんはふっと笑って私の唇を弄び始めた。

「穂花の唇、柔らかくて気持ちいい。もう一回いい？」

「え？　もう一回って——」

なにがですか？　という間もなく、唇が重ねられる。熱くて湿り気のある副島さんの唇は、一瞬触れると少しだけ離れた。

「穂花。目を閉じて」

そう言われ、ハッとして慌てて目を閉じる。さっきのキスのときも開けっぱなしだったかも……なんて余裕でいられたのもここまで。

一度目とは明らかに違う副島さんの貪るようなキスに翻弄《ほんろう》されっぱなしで、息継ぎもうまくできない。かろうじて開いた口の隙間《すきま》から息を吸い込むと、酸素と共になにかが忍び込んできた。それが副島さんの舌だと気づいたときには私の舌はもう絡めとられていて、初めての感触に身体が震える。

彼の舌が口の中で彷徨《さまよ》っているのを全身で感じるのがやっとで、どのくらいの時間キスされていたのかさっぱりわからない。

ようやく唇が離されたときには全身クタクタで、頭が朦朧《もうろう》として目を閉じるとそのまま意識を手放した。

三樹SIDE

無理をさせすぎたか――。
想いが通じ合った愛《いと》おしい穂花が、俺の腕の中で眠っている。でもまさか、キスだけで意識を失うとは思ってもみなかった。

小さく呼吸を繰り返す穂花の髪をそっと撫でる。ぐっすり眠っているはずの彼女の身体がほんの少し揺れたかと思うと、俺の身体に甘えるように身を寄せてきた。

堪《たま》らず、穂花の華奢《きゃしゃ》な身体を抱きしめる。なんとも言えない満ち足りた気持ちに、安堵《あんど》のため息が漏れた。

『穂花の唇、柔らかくて気持ちいい。もう一回いい？』

なにをもう一回なのかわからなくて戸惑い、顔を真っ赤に染める穂花にもう一度口づける。

愛おしい――。

三十二年間生きてきて、初めて感じたその気持ちに胸が締めつけられる。

いい大人だから、今まで恋愛をしてこなかったわけじゃない。それなりに大人の付き合いもしてきた。

でもいつもなにかが満たされない、副島製薬の御曹司、次期社長という重圧からくる心の隙間。それを埋めてくれるような女性と出会えることはなかった。

ましてや、愛おしいと思える女性は皆無といっていい。

こんなことを言っては『なにを偉そうに』と、嫌なやつというレッテルを貼られるかもしれないが、本当のことだから致し方ない。

でも今年の春。満開だった桜が散り始めたころにやっとの思いで穂花に会うことができたとき、彼女が俺に向けてくれた包み込むような柔らかな笑顔に、虚《むな》しかった心があっという間に満たされたのを今でも忘れない。

このとき俺は心に誓った。絶対に彼女の心を手に入れる——と。

少し時間がかかってしまったことについては不徳の致すところで、焦りから見合いの席に無理やり乱入する形になってしまったことは弁明の余地もない。

でも、どうか許してほしい。それだけ君のことが大切で、今後の俺の人生に必要不可欠な人だからこその行動だったと。

それにしても、いくら気持ちが抑えられなかったとはいえ気早に唇を奪ったのは大人げなかった。穂花も俺と同じ気持ちでいてくれたことは嬉しかったが、嫁候補のことについての誤解はいまだ解けていないような気もする。

心の中のわだかまりと不安を早く取り除けるよう彼女のことを一番に、どんなときでも寄り添い考えていくつもりだ。

「穂花……」

何度呼んでも呼び足りない穂花の名前を耳元で囁き、抱きしめている彼女の背中を撫でる。その瞬間、穂花の身体がピクッと反応を見せた。

優しく撫でたつもりだったが、起こしてしまったようだ。

もそもそと動き出す穂花をさらに強く抱きしめると、「え?」と声を上げ一瞬で目覚めた彼女が目を大きく見開いた。

「な、なんで私、副島さんに抱きしめられているんですか? ここは……」

まだ寝ぼけているのか穂花はそう言って起き上がると、部屋の中を見回す。その姿がまるで親鳥を探す雛《ひな》のように見えて、プッと笑いがこみ上げた。

「俺のマンション。なに、覚えてない?」

起き上がると穂花の横に座り、少し意地悪く話しかける。すぐに思い出すだろうと思っていたが、案の定数時間前のことを思い出した穂花が顔を赤くして両手で覆い隠した。

キスだけで、その反応なのか! かわいい、かわいすぎるじゃないか……。

日ごろの接客態度や言葉の端々から初心な女性だとはうすうす感じてはいたが、まさかここまでだったとは想定外で、俄然やる気が出てくるのは自分だけだろうか。

なんとなく悪いことをしたような気にもなってきて、穂花から離れるとソファーを立つ。

「なにか飲む？　お腹《なか》も空《す》いたよね。なにか作るか……」

「え？　今何時……わあ、もう外は真っ暗。私、どのくらい寝てたんでしょうか？」

「う～ん。三時間ぐらい？」

「えぇ!?　そんなにも。なんか、すみません」

立ち上がった穂花は表情を曇らせ、そう言って頭を下げた。こちらにしてみれば役得というか、幸せな時間を過ごさせてもらったのだからなにも謝ることはないと思うが、そういうところが彼女らしい。

「そんなに気にすることないのに。なんなら泊まっていく？」

「え？」

「嘘、冗談。穂花のことは大事にしたいからね、性急なことはしない」

「副島さん……」

ホッとしたのか、それとも残念と思ったのか。どっちともとれる表情をした穂花を見て、思わず頬が緩む。

本当のことを言えば、帰したくない。別に変な意味じゃなく、朝までふたりで過ごしたい。健全な大人の男なら、誰もがそう思うんじゃないだろうか。

好きな女性を前にして手を出さずにいるのは、相当な我慢を強いられるだろうが……。

そして、さっきから気になっていることがもうひとつ。

「お互いに好きなことがわかったんだ。今日から付き合いが始まるわけだし、俺のことも三樹って名前で呼んでくれないかな？」

「副島さんを名前で⁉」

名前で呼ぶことぐらい造作もないことだと思ったが、どうやら穂花は違ったらしい。瞬《まばた》きひとつもできないほど驚き、ピタリと動かなくなってしまった。どれだけ純情なんだ、かわいすぎるだろう。

「穂花？」

キッチンから名前を呼ぶ。ハッと我に返った穂花が、恥ずかしそうに顔を赤くしている。

「み、三樹さん……」

今にも消えてしまいそうな声で、穂花が俺の名前を呼ぶ。

女性に名前を呼ばれるのは初めてのことではない。それなのに、雷にでも打たれたように激しい衝撃が身体を貫いた。さっきの状況からみてすぐに名前で呼ぶのは無理だろうと思っていただけに、今度は俺のほうが驚いて金縛りにでもあったように動けなくなってしまった。

「穂花」

かろうじて動いた口で名前を呼ぶと、穂花が照れたように微笑んだ。でもそれも一瞬のことで、すぐに表情が曇る。瞳はどこかあやふやに揺れ出して心配になる。

一体、どうしたというんだ。

不安を感じながらゆっくりと彼女に近づき、わずかに涙がにじむ目を見つめた。

「三樹さん、本当に私でいいんですか？　迷惑にならない？」

まさかの予想すらしていない穂花の発言に、自分でも信じられないくらいの素早さで彼女を引き寄せ抱きしめる。もうそれ以上はなにも言わせないと、唇を塞《ふさ》ぐように口づけた。

最初こそ驚いて目を大きく見開いていた穂花も、俺の気持ちを感じ取ったのかその目を徐々に閉じる。彼女の強張った身体がほぐれたのがわかると、チュッと音を立てて唇を離し、そのまま潤む目を覗き込む。

「なんて言えば信じてくれる？」

「それは……」

「穂花じゃないと意味がない。迷惑どころか、幸せしかない。君以外、欲しくないんだ」

嘘偽りのない本当の想いが届くように、ゆっくりと言葉を紡ぐ。ずっと不安げに揺れていた穂花の瞳に柔らかい光が灯《とも》り、いつもの笑顔が戻った。

その笑顔を絶やすことは、絶対にしないと誓う――。

だからずっとそばにいてほしい。これからふたりで最高な恋をしよう。

そんな気持ちが届くように、そっと唇を重ねた。

雨とデートとポーカーフェイス

お見合いをした日から一か月が経った。季節は冬。

十二月に入り、街はクリスマスに向けてきらびやかにお色直しをしている。今日も朝からいい天気だ。

「それにしても、お見合いは残念だったわね」

「突然なにを言い出すかと思えば、またその話?」

余程今回のお見合いにかけていたのか、もう一か月も経つというのに母が残念そうに大きなため息をつく。

「タイミングが悪かったってこと。これぱっかりは縁だから仕方ないよ」

母が残念そうにする横で、仕入れたばかりのコーヒーカップを棚に並べる。

『お見合いのことは心配しないで。父には僕のほうからうまく言っておきます』

その言葉通り、白川さんは今回のお見合いを自分が悪役になって終わらせてくれた。

お見合いから三日後に白川さんのお父さん、白川ワイナリーの社長が『今回は愚息が本当に申し訳ないことをした』と直々《じきじき》に店にまで来て頭を下げるから、かえって申し訳なかったと母とふたりして恐縮したのは記憶に新しい。

白川さんには、感謝してもしきれないほどの恩を感じている。しかも先日店に来たとき、『よかったら今度、彼とワイナリーに来てください。待ってます』と優しい声をかけてくれるから、どこまでいい人なんだろう涙が出そうになってしまった。

そのことを三樹さんに話したら喜んでくれて、『いつの日かふたりでワイナリーに挨拶に行こう』と言ってくれた。

その日が早く来ますように……そう願わずにはいられない。

「穂花。明日の休みは、またどこかに出かけるの？」

「えぇぇ!?」

あまりのタイミングに、素っ頓狂な声を上げてしまった。

「な、なによ、そんなに驚いて、どうしたっていうの？」

「い、いや、別に……」

何ごともなかったように仕事を続けるが、母は怪訝な表情をして私を見ている。

三樹さんと付き合うようになってから一か月。いろいろと思うところはあるけれど今のところ交際は順調……というか三樹さんは思った以上に強引で、ほとんどの日曜日をふたりで過ごしている。

でも彼とのことは、まだ誰にも話していない。

別に隠す必要はない。三樹さんも『君の両親とは知らない仲じゃないから、いつでも挨拶に行く』そう言ってくれている。

それはとてもありがたいことで、三樹さんとお付き合いしているとわかればきっと両親も大喜びするだろう。

それなのに私は彼とのことを、両親に言えずにいる。それは……。

三樹さんにはお嫁さん候補がいる。でもそれは会社同士を強固にするためのもので、三樹さんは受け入れるつもりはないと言ってくれた。その言葉は嘘ではないし、三樹さんのことだから発言をたがわない、約束を守ろうと一生懸命に取り組んでくれるだろう。

でも会社は？　実権を握っている、三樹さんのお父様はどう思うのか。

彼も言っていた、頑固な人でなかなか首を縦に振ってくれないと。

三樹さんに付き合っている女性がいるとわかれば、誰なのか調べるかもしれない。それがなんの取柄《とりえ》もない会社の利益にもならない女だとわかれば、どんなに三樹さんが頑張ってくれたとしても、受け入れられるどころか付き合いを反対されるに決まっている。

もしそうなったとしたら、三樹さんに迷惑をかけたくない。潔く身を引いて、彼の幸せを願う――。

三樹さんには勝手だと叱《しか》られるかもしれないけれど、そう心に決めている。

だから彼とのことは、誰にも知られずに。自分の心を守る保険みたいでズルい行為かもしれないけれど、今はこれしか考えられない。

「そんな簡単に諦められるのかな……」

小さな声で呟いた言葉は、誰の耳に届くことなく消えていく。

この先どうなるのかわからないけれど、今は三樹さんのそばではかない夢を見させてほしい……。

ふと、窓の外に目を向ける。今朝のニュースでは、明日も今日のようによく晴れると言っていた。

早く会いたい――。

青い空を見上げながら、三樹さんと過ごす未来に想いを馳せた。

「雨が降るなんて言ってなかったのに……」

恨み節を呟くとお気に入りの傘をさして、三樹さんと待ち合わせをしている駅へと歩き出す。すると、今日のデートを邪魔するように雨脚が強くなり出した。

これでは、せっかくのお洒落も台無しだ。

こんなことなら三樹さんから昨日来た【家まで迎えに行く】メールに、いいですなんて返信しなければよかった。いやでも、家の前まで来てもらったらどこで誰が見てるかもわからない。母親になんて見つかったら、厄介なことになるのは目に見えている。

「仕方ない。頑張って歩こう」

恨めしい目で空を見上げると、はぁとため息をついてから歩き始めた。店の前は通らないように、少し回り道をして駅に向かう。細い路地から大通りに出ると、駅までは真っすぐ一本道だ。

時刻は十一時三十分を少し過ぎたところ。三樹さんとの待ち合わせは十二時で、普段なら十分とかからない距離を雨だし時間にも余裕があるからとゆっくり歩く。

並木道の樹木にはクリスマス用の電飾がされていて、それが雨に濡れてキラキラと光っている。雨降りも悪くないなと思いながら歩いていると、音もなくやって来た一台の車が私の横で止まり助手席側のサイドガラスが下がる。

「穂花、乗って！」

「三樹さん！」

なんで。待ち合わせは十二時なのに、どうしてここに……なんて考えている暇はない。さしていた傘を閉じパパッと水滴を飛ばすと、急いで助手席に乗り込んだ。傘からは飛ばしきれなかった雨が、ぽたぽた垂れている。

「ごめんなさい。すぐに拭きますね」

濡れたとき用にと持ってきていたタオルをバッグから取り出し、雨で濡れたシートを拭く。でもその手を三樹さんに、強引に取られてしまった。

「車なんて濡れてもいいから。拭くなら穂花のほうが先だろ！」

いつもの三樹さんでは考えられない少し乱暴な口調に、ビクッと身体が跳ねる。

「ごめん。別に怒ってるわけじゃないんだ。ただ君はいつも、自分のことより人のことだからね。いい、よく覚えておいて。俺にとって穂花が、なによりも一番なんだってことを」

「は、はい……」

三樹さんは表情を緩め、熱い眼差しを私に向けた。なにかとんでもなく甘い告白をされているようで、雨に濡れて冷えた身体が途端に熱を帯びる。その目から逃げるように、視線を逸らした。

なんで三樹さんはこんな甘い台詞《せりふ》を、いつもサラッと言ってのけるんだろう。初めて人を好きになって、その人が初めての彼氏で。それはすごく幸せなことなのに、すごく不安で……。

なにもかもが初めての経験の私は、気おくれしてしまう。

「雨、小降りになってきた」

サイドガラス越しに外を見ていた私に、三樹さんが呟く。まだ顔を向けられないまま、「はい」と小さく頷いた。

「昨日の天気予報じゃ晴れだったたから高原ドライブでもと思っていたけど、ちょっと難しそうだよね。それで急遽、穂花が観たいと言っていたアクション映画を予約したけど、どうする？」

「え？」

アクション映画と聞き、パッと三樹さんのほうへと振り返る。高原ドライブにも後ろ髪を引かれるけれど、この天気ではろくに景色も見られない。それなら答えはただひとつ、断る理由はない。

「映画、観に行きたいです。でも三樹さんはアクションでもいいんですか？」

なんて聞いたのは、前に三樹さんのマンションでオンデマンドでダウンロードした映画を観たとき、SF映画が好きと言っていたのを思い出したから。

　私の話を覚えてくれていたのは嬉しいけれど、なんでも私を優先してもらうのはちょっと気が引ける。

「今日は俺もアクションが観たい気分なんだ。予約もしてあるし今日は穂花おすすめの映画を観て、じゃあ次回は俺の観たいものに付き合ってもらおうかな」

「はい、必ずです！」

　さすがは三樹さん。抑えどころが抜群で、スマートで大人な対応に脱帽だ。それにしても、予約しておいて『どうする？』はないと思うんですけど……。

　ふたりで会うときはいつもこんな感じで、三樹さんにからかわれたりリードされたり、翻弄されっぱなし。でも結局最後には私を最高にもてなしてくれるから、心の中が嬉しさで満たされる。

　私も三樹さんのためになにかしたいと思うけれど、なかなかいい案が思いつかなくて毎回困っているのだ。

「今日は十五時上映のプレミアムシートを予約しておいた」

「プレミアムシートですか？」

　映画館にそんな席があるなんて初耳で、それがどんなところなのか考えただけでテンションが上がる。

「誰に気兼ねなくふたりだけの世界でゆったりと観られるから、楽しみにしていて」

三樹さんはそう言うと、私の右手に自分の手を重ねた。

「運転中に危ないですよ」

「それもそうか。じゃあ、穂花がここに手を置いて」

そう言って示された場所は、三樹さんの左足の太もも。トントンと太ももを軽く叩《たた》き「早くして」と催促されたら嫌だとは言えなくて、三樹さんのほうに身体を寄せると言われたままに手を置いた。でも結局、三樹さんの大きな手が重ねられる。

「ここなら腕を伸ばさなくていいから安全でしょ？　映画、楽しみだね」

ハンドルを持つ三樹さんの手が、カーステレオから流れる音楽のリズムに合わせて動いている。

ふたりだけの世界——……ふとその言葉を思い出す。

それはどんな世界なのか、想像すらできない。アクション映画を観る前のドキドキ感とは違う、別の意味のドキドキで胸は張り裂けんばかり。

見る見るうちに鼓動が速くなったのは、言うまでもない。

三樹さんが前から気になっていたという、お洒落なカフェでランチをしたあとに向かったのは、商業施設に併設されているシネマコンプレックス。

まだ新しい映画館のようで、館内はとても清潔。和のテイストを盛り込む内装が、高級感漂うシックで落ち着いた大人の雰囲気を醸し出している。

「ここがプレミアムシートですか？」

「そうだけど。どうかした？」

どうもこうもない。ふたりだけの世界でゆったりと……そう言っていたから、少し豪華なふたり並んでのシートだと思っていた。それなのに映画館の係の人が案内してくれたのは、一番大きなシアターの二階部分にある、まるで個室のようなスペース。

確かに誰にも邪魔されないでふたりだけの世界を楽しめるけれど、高級ホテルのスイートルームにあるような足が十分に伸ばせるお高そうなソファーに緊張感は半端ない。

しかも完全にふたり掛け。マンションで過ごすときの三樹さんを思い出し、心の中で戸惑いのため息をついた。

これは絶対にいつものくっついて観るパターンだよね。いや、くっつくだけでは済まないかもしれない。多少なりとも他人の目があるだろうと思っていたのに、これは完全な誤算だ。

「どう、気に入ってくれた？」

三樹さんが、いつもの優しい笑顔を見せる。もちろん気に入らないわけではないから「はい」と答えたけれど、本当にゆったりと観られるのだろうか……。

実は付き合い出してすぐに、三樹さんは恋愛小説によく出てくる〝溺愛系ヒーロー〟なのだと知った。小説を読んでいるときはこんなヒーローに私も愛されたい、羨ましいと思っていたけれど、まさか自分がされる側になるとか誰が想像する？

二十五歳にもなって恋愛初心者の私には、恋のスキルがまったくない。この一か月の間に三樹さんのマンションで過ごしたりショッピングデートを楽しんだり、デートを重ねるごとにふたりでいることには慣れてきた。

でも愛情表現、スキンシップはまだまだで。キスするだけでも窒息しそうなほど心臓がバクバクと音を立てるから、自分で自分が手に負えない。

店にお客様として来てくれていたときから変わらず、三樹さんは本当に優しい。溺愛系といってもキスより先を急かすような、そんな不誠実なことはしない。でも『愛してる』と囁かれ抱きしめられると、彼の高くなる体温と速くなる鼓動に少なからず期待が含まれていることを感じてしまう。

好き同士が愛し合うのは自然の摂理《せつり》──それはわかっているし、私も愛し愛されたい。でも初めてのことに対する恐怖と、そしてまだ心の隅にある結婚話への不安がブレーキをかけるのだ。

でもそれも、いつまでも先延ばしにできない。そんな遠くない未来には、三樹さんの気持ちに応えたいと思っているけれど……。

「──穂花？　ボーッとして、どうかしたのか？」

三樹さんに手を握られて、ハッと我に返る。いろいろ考えすぎて、自分の世界に入り込んでいたみたいだ。

「プレミアムシートが素敵すぎて、ビックリしちゃって。すみません」

「喜んでもらえたみたいでよかった。まだ上映までには時間があるからね。ドリンクとスイーツを用意してくれるみたいだから、それまでゆっくりしよう」

握られている手を引かれ、見ただけでもわかるフカフカのソファーにふたりで座る。その途端、腰から抱き寄せられた。

「見るのはアクションじゃなくて、恋愛映画のほうがよかったかな」

耳元に顔を寄せた三樹さんは、吐息まじりに甘く囁く。

「そ、それは……」

私が答えに困っていると、なにがおかしいのかフフフと笑い出した。

「でもそれじゃあ、映画に集中できなくなるか。まあそれはそれで捨てがたいけれど、今日のところはアクション映画を楽しもう」

冗談なのか本気なのか、三樹さんはそう言うと私を抱きしめている腕を解《ほど》き全身でもたれかかってきた。

溺愛が基本の三樹さんだか、要所要所で甘えることも忘れない。恋愛ごとは初めての私にも母性本能は備わっていたみたいで、普段は真摯でしっかり者の三樹さんとのギャップに胸をキュンとくすぐられてしまう。

もちろんいつもの大人でカッコいい三樹さんはとても素敵だけど、たまに見せる普段とは違う甘えモードの三樹さんもたまらなく魅力的なのだ。

「穂花の近くにいると、ほんのりコーヒーの香りがして落ち着く。ねえ誰も見ていないから、穂花からキスして？」

甘えるのを通り越してねだるような仕草に一瞬ほだされそうになって、それをなんとか思いとどまる。確かにここは個室のようで誰に見られる心配はないけれど、いつ誰が来るかもわからない。しかも私からキスなんて、そんな恋愛上級者がするようなことできるわけがない。

三樹さんはオロオロする私を見て楽しんでいるみたいだけど、映画を観る前からこれではゆったりするどころか浮足立って、この先が思いやられるというもの。

恋愛経験がない私だって、いつも流されるばかりじゃない。ここはひとつ私からピシッと言わなきゃと大きく息を吸い込んでいる最中に、三樹さんの熱い唇に塞がれてしまう。

驚いて目を見開いたままでいると、ニヤリと微笑んだ三樹さんは私の唇をぺろりと舐め離れた。

「じらされるのも悪くないけど、さすがに待ちくたびれた。ここではキスまでにするけど、マンションでは覚悟しておいて」

呆然としている私を横目に三樹さんはソファーに座りなおすと、ケロリとした表情でサービスドリンクのコーヒーを飲み始める。私は頭の中で、三樹さんの言葉を何度も繰り返す。

マンションでは覚悟しておいてね——。

覚悟……覚悟……。

三樹さんは私に、一体なにを覚悟しておけと言いたいの？

コーヒーを飲んでいる横顔をこそっと窺っても、ポーカーフェイスの三樹さんの表情からはなにを考えているのか読み取ることはできない。時々こちらを見てはくすっと笑い、なに？　と言わんばかりに小首を傾げる仕草が鼻につく。

わけがわからず落ち着かない私の様子を見て楽しんでいるのだろうけど、私だって怒るときは怒るんだからとこれ見よがしに唇を尖らせた。でも結局なにも言えないのが悔やまれるところで、ため息しか出てこない。

「どうしたの？」

落ち込む私に、三樹さんの腕が伸びてくる。「はい、穂花の席はここ」と腕を引かれて座ったのは、三樹さんの足の間。後ろから抱えるように私を抱きしめると、肩口に顎を乗せた。

「まさか、そんなに悩ませるとは思ってなかった。ごめん。さっき言ったことは一度忘れて」

「さっき言ったこと……ですか？」

「覚悟しておいてねってやつ」

「え……」

嘘でしょ。本当に？

ポンポンと頭を撫でられて、三樹さんの腕の中で小さく身体を丸めた。

まさか、三樹さんに考えていたことがバレていたなんて……。

途端に顔が熱くなって、三樹さんは後ろにいるというのに「恥ずかしい」と顔を隠す。その手を容易に取られ、頬に添えられた手がクイッと私の顔を少しだけ後ろに向ける。

目の前すぐ、唇が触れそうなほど近くに三樹さんの顔があって、思わず仰《の》け反ってしまう。でもそれも三樹さんの腕に阻まれて、すぐに引き戻された。

「俺から逃げるの禁止。恥ずかしがる穂花も、かわいいけどね」

またキスされそうな雰囲気に唇を固く結ぶ。私の小さな抵抗に気づいた三樹さんが、声を上げて笑い出した。

「穂花は本当にかわいい。コロコロ変わる表情はまったく飽きないし、ずっと見ていたくなる。それにしても、こんなに笑ったのはいつぶりかな」

涙を流さんとする勢いで三樹さんはひとしきり笑うと、深呼吸をして呼吸を整える。

私の顔を見て笑うとか、それって褒《ほ》められてる？　それともけなされている？

なんだか複雑な気分だけど、三樹さんの本当の笑顔を見られたようで心の中がほんわか温かくなる。

「三樹さん、もう映画始まりますよ。見るのはスクリーンで、私を見るのはまた今度ということで……」

冗談半分のつもりでそう言っただけなのに、三樹さんの顔からスッと笑顔が消える。余計なことを言ってしまったみたいだと後悔するも手遅れで、あっと思う間もなく足の間でくるりと反転させられた。

な、なんなの、この体勢は？

正座で向かい合い、見つめ合う。艶を帯びた目に囚われて、なにを言われるのか心配なのに彼から目が離せない。

薄くてバランスのいい唇は、私になにを語るのだろう。

ふと三樹さんの唇に視線を下ろすと、その形のいい唇がゆっくりと動き始める。思わずごくりと固唾《かたず》をのんだ。

「ねえ穂花。君のことを本当にずっと見ていたいんだけど、ダメかな？」

「そ、それってどういう意味――」

続けて言おうとした言葉は、三樹さんの長い指で遮られる。心臓が激しく高鳴って、息が苦しい。

「うん。今晩、穂花を帰したくないんだ。ずっと俺のそばにいてくれない？」

顔を覗き込み甘えるようにそう言われ、三樹さんの懇願するような熱い眼差しに耐えきれなくなって慌てて目を逸らす。

恋愛経験はないけれど、いわゆる世間一般の知識は持ち合わせている。好きな人と一晩過ごすということがどういうことなのか、帰したくない——と三樹さんが言った意味がまったくわからないほど子どもじゃない。

それでも躊躇してすぐに答えを見いだせないのは、まだ自分に自信がないから。初めてだからとかスタイルがよくないからとか、言い出したらキリがない。

でも一番気になっているのは、三樹さんの彼女として私がふさわしいのかどうか。副島製薬の次期社長の三樹さんと、本当に一緒にいてもいいのかどうか。

三樹さんは心配しなくていいと何度も言ってくれるけれど、やっぱりお嫁さん候補と言われている女性のことが私の小さな胸を苦しめる。

私だって、三樹さんとそうなりたくないわけじゃない。たくさん愛してもらいたいし、私も彼を愛したい。だって三樹さんのことが、本当に好きだから……。

でも一度でも関係を持ってしまうと、三樹さんから離れられなくなる自分が容易に想像できる。だからどうしても一歩を踏み出せず躊躇してしまうのだ。

こんなことを真琴に相談したら『もっと気楽にいこうよ』なんて言われると思うけれど、こういうことは簡単に進められない。

くそ真面目と言われればそれまでだけど、生まれつきの性分、相手が三樹さんなんだから仕方のないこと。

それでも答えは出さなきゃいけなくて、うまく回ってない頭で一生懸命答えを探す。でも恋愛小説などでノウハウだけはあるから、余計な妄想が頭の中に目まぐるしく浮かんできては答えを探す邪魔をして堂々巡り。

自分の中で一向に答えが出ず、思わず「はぁ……」とため息を漏らすと同時に上映開始のベルが鳴ってタイムアップ。

「この話はまたあとで。今は映画に集中しよう」

三樹さんはそう言って私をスクリーンのほうに向けると、やっぱり後ろから抱えるように抱きしめて映画を観始めるからほとほと参ってしまう。

一方私は……。

抱きしめられているせいでもあるのか頭の中は三樹さんのことでいっぱいで、せっかく大好きなアクションなのに映画どころではなくなってしまった。

布越しの体温と鼓動

「アクション映画だから、もっとこう鬼気迫るシーンばかりかと思っていたけど、コメディー要素も多くて軽快で本当に面白かった」

三樹さんは興奮気味にそう言うと、ノンアルコールカクテルのレモンティートニックを飲んでホッと息を吐いた。

映画を観終わった私たちは、プレミアムシートを利用した人のみが利用できるバーラウンジに移動して、東京湾の夜景を見ながら映画の余韻を楽しんでいる。

映画が始まる少し前に三樹さんが『今晩、穂花を帰したくないんだ』なんて言うから、上映が始まってしばらくは三樹さんのことで頭がいっぱいだったけれど。ストーリーも中盤に差しかかり核心に迫ってくると、スクリーンに引き込まれてしまった。

けれど決してその言葉を忘れたわけじゃない。海の見える席に隣同士で座り、目を見ながら映画の感想を話していると、どうにも落ち着かなくなる。三樹さんは映画が始まる直前に『この話はまたあとで』って言っていたけれど、いつ聞かれるのかと気が気じゃなくてさっきから心臓は忙しなく動いている。

「車で来たのは失敗だった。こんな美味しい料理なのにお酒が飲めないとか、生き地獄だよ」

「生き地獄なんて、三樹さんちょっと表現がオーバーです」

三樹さんが少し大げさに「あ〜」と声を上げて頭を抱えるから、その姿が面白くてそう言っただけ。前菜のタコのカルパッチョや生ハムのケサディーヤや、メインのからすみのペペロンチーノにも白ワインがよく合う。

だから三樹さんが〝生き地獄〟と言うのもわからなくもないけれど。

メニューを見ると、ほとんどの料理がテイクアウトＯＫとなっている。三品くらいテイクアウトして、三樹さんのマンションに行ってから飲むのも悪くないかも……って私、なにを考えているの!?

三樹さんのマンションに行くと、まだ決まったわけじゃない。プレミアムシートでキスされたとき三樹さんに『ここではキスまでにするけど、マンションでは覚悟しておいて』って言われたけれど、あれだって冗談だったかもしれないのに私の中で行くことが前提になっていることに驚く。自分がどうしたいのか、わからなくなってしまった。

窓の外の夜景を見て嘆息すると、三樹さんが私の左手に自分の右手を重ねた。

「あ……」

三樹さんが隣にいるというのにため息をついてしまい、心苦しさに顔を合わせられなくて俯いた。

「穂花、顔を上げてこっちを見て」

ため息をついた私を気づかってくれているのだろう。どんなときでも優しい三樹さんの声が、いつにも増して柔らかい。

まだ付き合い始めて一か月しか経っていないけれど、私のことならなんでもわかってしまう三樹さんのことだから、ため息をついた理由までわかっているのかもしれない。

いつも大きな心で包んでくれる三樹さんは大人で、どう頑張ったって太刀打ちできない。反対に、いつまで経っても子どもの自分がつくづく嫌になる。

穂花はどうしたいの？　いつまでそうやってうじうじしているつもり？　三樹さんのことが好きなんでしょ？　だったら俺のことを信じろと言ってくれている三樹さんの胸に、思いきって飛び込めばいいじゃない。

自分の気持ちを誤魔化すのではなく、自分の気持ちだからこそ正直になりなさい——。

心の中に住まうもうひとりの私が、はっきりしない私に発破をかける。幸せになってもいいんだと言われたようで、心の中がふわりと軽くなる。

「三樹さん？」

ゆっくりと顔を上げ、三樹さんを見る。三樹さんはいつも通りの優しい笑顔で待っていてくれて、差し出された彼の右手を両手で包み込んだ。少し驚いたような表情を見せる三樹さんの双眸が、左右に揺れている。

「今晩、三樹さんと一緒にいたいです。私も帰りたくない。ずっとそばにいてくれますか？」

どうしてこの言葉が今まで言えなかったのか、不思議なくらいすらすらと言葉が溢れ出てくる。さっきまでグズグズしていた自分が嘘みたいだ。

「穂花……」

名前を呼ぶのと同時に突然腕を引かれ、あっとよろめく。その身体を支えるように、三樹さんがそっと抱きしめてくれる。

「もちろんだ。嬉しいよ。今晩だけとは言わず、ずっと一緒にいたいくらいだ……」

私の耳元に顔を寄せ、誰にも聞こえないように小さな声で囁く。それがやけに甘く官能的に聞こえて、身体がジンと痺れる。離れ際に三樹さんの唇が耳朶《みみたぶ》に触れて、全身がとろけるように熱くなる。

「そうだ。ここで何品かテイクアウトして、うちで飲むっていうのはどう？」

「私もさっき、同じことを考えてました」

「そうなの？　俺たち、やっぱり気が合うね」

「はい」

今日このあとにどんなことが起きようと、もう絶対に後悔はしない。自分で決めたこと、自分の心に素直になった結果がどうであろうと、三樹さんを信じてふたりで前に進むだけ。

私はやっぱり、三樹さんのことが好き。誰になんと言われようとも、その気持ちが変わることはない。

「穂花……。さあ、せっかくの料理だから、まずはこれをいただくとしよう。あ、その前にテイクアウト用のオーダーをしないとね」

三樹さんはそう言うとボーイを呼び、私に「好き嫌いはない？」と聞き「はい」と答えると何品かをオーダーした。

目の前の美味しそうな料理もさっきまではいろいろ考えすぎてあまり食べていなかったけれど、今ならぺろりと平らげることができそうだ。

「穂花に笑顔が戻った」

「そ、そうですか？」

なんて照れてそう言いつつも、心が弾むのは止められそうになかった。

「穂花。今晩は泊まっていけそう？　明日と明後日《あさって》は臨時休業で、店は休みだよね？」

マンションに着くなり、三樹さんにそう聞かれる。

「え、知ってたんですか？」

実は三樹さんの言う通りで、新しいオリジナルブレンドを作るためにコーヒーを仕入れている工房へ両親が一泊二日で行くことになっていて、ふたりとも不在のために店は臨時休業することになっているのだ。でもどうしてそのことを、三樹さんが知っているのだろう。

不思議だと言わんばかりに小首を傾げる。

「会員メールで連絡が来ていたからね」

「……あぁ、そうでした」

母が一斉メールをしていたのを横で見ていたのに、すっかり忘れていた。とぼけたことを言ってしまい、あははと苦笑いしてみせる。

「で、泊まってても大丈夫そう？　無理なら、何時でも送っていくけど」

「えっと、大丈夫です」

三樹さんに聞かれてそう答えると、にこりと頷いた。

真琴や友達なんかと旅行に行くことはあっても、その日にいきなりどこかに泊まることはほとんどない。あっても真琴のところに泊まるくらいで、どうしようかと悩んだ結果。

嘘をつくのは心苦しいしアリバイ工作はどうかと思うけれど、結局両親には【真琴のところに泊まることになった】とメールをし、真琴には【今晩、真琴のところに泊まったことにして。お願い！】とSNSを送った。

真琴からはすぐに【どういうこと!?　今度詳しく教えなさいよ！】と了解のスタンプと共に返事が送られてきた。

いつまで経っても私に彼ができないことを嘆いていた真琴のことだから、きっと根掘り葉掘り聞かれることになるんだろうけど、悪い話ではないから仕方ない。

真琴ならきっと喜んでくれると思うし、彼女とはなんでも話せる間柄だから知っていてもらえると心強い。

「穂花」

どこに行っていたのか、リビングに戻ってきた三樹さんに呼ばれソファーから立ち上がる。

「俺ので申し訳ないけど、これ着替え。お風呂が沸いたから、先に入っておいで」

そう言って渡されたのは、パーカー付きのトレーナーとスウェットパンツ。背の高い三樹さんのだから、パーカーはお尻まですっぽり隠れるほど大きい。

受け取ったのはいいけれど、彼氏の家のお風呂に入るなんて初めてのことで、どうしたらいいのか勝手がわからない。

前にテレビで『一番風呂は一家の大黒柱の家主が入るもの』と言っていたのを思い出す。私の家では誰が一番とは決まっていないし、そんなこと気にしたこともないけれど。

さすがに三樹さんを差し置いて先に入るわけにはいかないと、咳払《せきばら》いをひとつして姿勢を正す。

「ありがたいお言葉ですが、私はあとで構いませんので、三樹さんが先に……って、えええっ!?」

話をしている最中につかつかと近づいてきた三樹さんは、少し屈むと私の脇と膝裏に手を回し入れヒョイと持ち上げてしまう。私がよく読む恋愛小説にも出てくる〝お姫様抱っこ〟を生まれて初めてされて、その目線の高さにビックリしてしまう。

「三樹さん、お、下ろしてください。なんで、こんなこと——」

「ごちゃごちゃうるさい。ほら、ちゃんと掴まらないと、落としてしまうかもなぁ」

三樹さんはわざとらしくそう言うと、「おっと」と言って抱き上げている私の身体を揺さぶった。

「あ、わわっ！　いや、怖い！」

本当に落とされそうな勢いにそう叫び、三樹さんの首にひしと掴まり身体を寄せる。

自分から身を寄せるなんて本意ではないけれど、緊急事態なのだからしょうがない。

「言うことを聞いて、先に入りなさい。それとも、一緒に入る？　俺はそれでも構わないけど？」

愉快だと言わんばかりの楽しそうな声に、呆《あき》れて肩を落とす。こんな横抱きにされたら三樹さんの独壇場《どくだんじょう》で、私には手も足も出すことができない。

ましてや今こうやって抱き上げられているだけでも恥ずかしいというのに、一緒にお風呂に入るなんてとんでもない。

三樹さんが構わなくても、私はそうはいかないんです。……というか、三樹さんは私をからかって面白がってるだけだよね？

その証拠にさっきからずっと笑いを堪えるように、身体が小刻みに震えている。

「三樹さんがこんなにも意地悪だとは知りませんでした」

三樹さんの胸で顔を隠し、少し強気でそう言ってみる。でも本当に意地悪だと思っているわけじゃない。からかわれても嫌味なところはなく、どことなく愛情を感じるから本気で嫌なわけでもない。

ただ、こうも好き勝手されては面白くないというか腑に落ちないというか……。とにかくやられてばかりでは悔しくて、つい負け惜しみを言ってしまうのだ。

「そう？　俺は意地悪をしているつもりはないけどね。これもひとつの愛情表現だと思ってくれればいいよ。俺の中の優先順位は、どんなことも穂花が一番だからね」

でも結局三樹さんのほうが一枚も二枚も上手で、愛情表現なんて言われたら私はなにも言い返せなくなってしまう。

三樹さんって、ホントにズルい……。

最終的には好きな気持ちが増して、彼の腕の中にいることに幸せを感じてしまう。

私も大概ゲンキンなのかも……しれない。

「はい、到着」

そう言って下ろされたのは、ビックリするほど広い脱衣所。まるでホテルのスイートルームに設置してあるドレッシングルームのよう……といっても女性誌で見ただけで、スイートルームなんて利用したことはないけれど。

とにかく我が家の脱衣所の二倍、いや三倍はありそうな豪華な空間に目を見張る。高級マンションだとは思っていたけれど、ここまですごいとは。これが本当にホテルのスイートルームだったら、すぐにでも写真を撮ってSNSに上げている。でもさすがにそれは非常識で、この素晴らしさを自分の目に焼きつけた。

さぞかし浴室も豪華なんだろうと感嘆のため息をついた、そのとき。

今日着ているタートルネックのニットの裾に手が掛かり、思わず三樹さんを見上げる。なにを考えているのか、三樹さんは片方の口角を上げてニヤリと微笑んだ。

三樹さんのこの顔。嫌な予感しかしないんですけど……。

こういうときは離れるに限ると、もうひとりの私が警鐘を鳴らす。慌てて身を引こうとした私の腕を、三樹さんの右手に掴まれる。左手は服の裾を掴んだままで、そのままグッと壁際まで追い詰められた私は逃げ場をなくす。

「み、三樹さん、これは一体……」

「穂花がいつまでも踏ん切りがつかないようだから、手伝ってあげようと思って」

「手伝う？　なにをですか？」

「着替えだけど？」

着替え⁉　着替えなんてとんでもない！　三樹さん、なにを言ってるの？

あまりの衝撃と驚きに声も出せずに口をパクパクさせていると、三樹さんが私の頬を優しく包み込む。え？　っと驚きはしたもののなぜか気持ちはスーッと落ち着いて、口を動かすのを止めた。三樹さんが私の真ん前まで、顔を近づける。

「自分で脱げる？」

「は、はい……」

「わかった。じゃあ俺は、穂花が風呂に入っている間にお酒の準備をしておくよ。だから、ゆっくり温まっておいで」

三樹さんは私の頭を一撫ですると、屈託のない笑顔を残して脱衣所から出ていった。緊張の糸が切れたのか、その場にぺたりと座り込む。

またからかわれた。しかも『温まっておいで』とまるで子どもみたいに扱われ、ぷうと頬を膨らます。

「こういう仕草が、子どもっぽいんだよね……」

そうわかっていてもこれが癖のようになっていて、なかなか直らない。今度からは気をつけなきゃと思い、すっくと立ち上がる。

好きな人の家で服を脱ぐなんて、見られているわけでもないのにどこか気恥ずかしい。考えなくてもいいことまで考えてしまい、それを頭から掻き消すように大雑把に服を脱ぎ捨てた。

大きなお風呂は、最高に気持ちよかったぁ――。

心の中で呟きながら浴室から出ると、脱衣所の大きな鏡の前にバスタオルを巻いただけの姿で立ち、置いてあったドライヤーで急いで髪を乾かす。

マンションとは思えない開放的な浴室に感動すら覚えたけれど、『お酒の準備をしておく』と聞いてしまってはゆっくりなどしていられない。付き合っているとはいえ、まだ数回のお宅訪問で長風呂をするほどの度胸もなかったのだ。

ある程度髪を乾かすと、三樹さんが用意してくれた服を着る。サイズはかなり大きいけれど、見ようによっては今流行りのゆったりとした抜け感コーデのようで悪くない。

鏡の前でくるりと一回転すると柔軟剤の香りだろうか、一緒にいるときに三樹さんからほのかに感じる匂いと同じで気持ちが安らぐ。

私、この香りが好き――。

匂いフェチではないけれど、三樹さんの匂いはずっと嗅いでいたくなる。

「穂花、出たの？　ここ開けるけど、いい？」

扉の向こうから突然三樹さんの声がして、匂いを嗅いでいた腕をパッと下げる。

危ない、危ない。服の匂いを嗅いでるところなんて見られたら、きっと三樹さんの百年の恋も一瞬で冷めてしまう。

そう思ったのも束の間。今度は下半身がパンツ一枚だったことに気づき、大慌てでスウェットを穿《は》いた。

「穂花？」

「は、はい。もう大丈夫です」

髪を手櫛で整えて、引き戸を開ける。扉ギリギリのところにいた三樹さんは私を見つけると、飛びつくように抱きついた。

「待ちくたびれた。こんなことなら、やっぱり一緒に入るんだった……って穂花。まだ髪が濡れてるね」

三樹さんは私の髪を一束掴み、目を少し吊《つ》り上げる。

「そうですか？　このくらいで大丈夫だと思うんですけど」

「このままでは風邪をひく。俺がちゃんと乾かしてあげるから、こっちにおいで」

そう言って脱衣所に入っていく、三樹さんの背中を目で追う。そんなに濡れているかしらと自分の髪を触ってみたけど、言うほど濡れていないような気がするのは私だけだろうか。

でもせっかく三樹さんが乾かしてくれると言ってくれているのだから、ここはお言葉に甘えて……。

いそいそと三樹さんのところに向かい、彼の前に立つ。鏡に映るふたりの姿は身長差が三十センチほどあって、これでは子ども扱いされても仕方がないと苦笑が漏れた。

「どうかした？」

「いえ、なんでもありません。では、よろしくお願いします」

「ああ、任せて」

私が頭を下げると三樹さんはドライヤーの電源を入れ、それを左右に振りながら髪を乾かしていく。私の髪に触れる手まで優しくて、うっとりしながら鏡に映る三樹さんを見つめる。

でもしばらくして、まるで美容師のような手際のよさにふとあることが脳裏をかすめた。

今まで付き合ってきた彼女にも、こんなことしたのかな……。

三樹さんは三十二歳の健全な男性で、付き合った女性は何人もいるだろう。そんなの当たり前のことだし、いくら三樹さんでも過去のことはどうすることもできないし、今更それをとやかく言うつもりもない。

そう頭ではちゃんと理解しているのに、私の中にいる少しだけ自分勝手な私が『そんなの嫌だ』と駄々をこねている。

自分がこんなにも独占欲の強い人間だとは、思いもしなかった……。

三樹さんは私のもの――なんて本気で思っているわけじゃないけれど、心の中がモヤモヤしてなんともスッキリしない。

しまいには悲しいわけじゃないのに目に涙が溜《た》まってきて、鏡越しの三樹さんの顔がぼやけ始めるから、溢れて気づかれる前にそれを素早く拭い取る。でも動きがぎこちなくなってしまった。

「穂花?」

案の定、三樹さんはそんな私を見て怪訝な顔をする。それでも涙は見られていないだろうと誤魔化すように笑ってみたけど、どうやら失敗したみたい。三樹さんの眉間に、しわの数を余計に増やしてしまった。

些細なことで、いちいち落ち込む自分が情けない。自分にもっと自信が持てて笑っていられたなら、三樹さんにそんな表情をさせずに済んだのかもしれないのに……。

なんていっても、今の私にはそれが一番難しいんだけれど。

余計なことを考えるのは私の悪い癖、今が幸せならそれでいいじゃない。

半ば強制的に、自分にそう言い聞かせる。強制的といっても無理やりではない。そうでもしないと私のことだから、また悪いほうへと物事を考えてしまう。だから敢《あ》えてそうしないための〝強制的〟なのだ。

「ねえ穂花。さっきから、なにを考えてる？」

表情はそのままに、三樹さんはドライヤーの電源をオフにするとそれをキャビネットに片付ける。なにかを考えているのか、しばらく私に背を向けたままだった三樹さんがおもむろに振り向いた。

「俺のことで、なにか気になることがあるんじゃない？」

三樹さんの手が近づいてきて、その指先が私の唇を捕らえる。輪郭をゆっくりなぞっていき、唇の真ん中で指を止めた。まるでその指に魔法をかけられたように、しゃべることはもちろん口を動かすことすらできない。

「この口は飾りじゃない、相手に気持ちを伝えるためにあるんだ。そして今、穂花は俺に言いたいことがある。だったらこの口を、有意義に使うべきだと思うがどうだろう？」

三樹さんはそう言って私の唇から指を離し、口元をほころばせる。陽だまりのような笑顔に胸の辺りが温かくなって、自分の中の気持ちが少しずつ変わり始める。

でも思っていることを素直に言ってしまったら、三樹さんはどう思うだろうか。面倒くさい女だと思われやしないかと、やっぱり躊躇してしまう。

「お互いに心の中で無駄な詮索《せんさく》をして、釈然としないまま過ごすのはよくない。なにを言われても穂花が困るようなことはしないから、不安を感じる必要はないよ」

「きゃっ」

三樹さんに不意に腕を引っ張られ、抱き寄せられる。トンッと彼の胸に頬が当たった。背中に腕が回って強く抱きしめられると、布越しに彼の体温と鼓動を感じて頑《かたく》なな心がほどけていく。

「君はなんでもひとりで我慢するところがあるから、時々心配になる。さっきも言ったけど、俺はなにを言われようと君を傷つけることはしないし、ましてや嫌いになるなんてことは神に誓って絶対にない」

「三樹さん」

神に誓って絶対にないなんて……。

三樹さんの永遠の愛を誓うような言葉に心が震える。気づくと彼の背中に腕を回していて、その温かい身体を強く抱きしめた。

「三樹さん、ごめんなさい。せっかく三樹さんが髪を乾かしてくれたのに、あまりにも手際がいいから、えっと、あの……」

核心に迫ると、口が思うように動いてくれない。この先を言っていいものか迷っていると、私の背中にある三樹さんの手が上下に動く。最後にトントンと、まるで赤ちゃんを寝かしつけるときのように手を優しく弾ませた。

「大丈夫。慌てないで、ゆっくりでいい」

三樹さんの手から温かい気持ちが伝わってきて、緊張していた身体から力が抜けていく。

なにも怖がることはない。三樹さんを信じていれば、きっと大丈夫……。

なにかが吹っ切れたように気持ちが軽くなって、自然に口が動き出す。

「三樹さんは今まで付き合ってきた女性の髪も、今みたいに乾かしてあげたんですか？」

「え？」

少し驚いたような声を出した三樹さんの鼓動が、動揺しているのか異常をきたした心電図のように大きく跳ね上がる。

「ご、ごめんなさい。気に障りましたよね……」

やっぱり言わなければよかった。過去のこと、しかも交際していた女性のことを聞かれれば誰だって気分よくないよね。そんなことわかりきったことなのに、私ったら……。

三樹さんに抱きしめられているのが切なくなって、彼から離れようと身を捩《よじ》る。

「穂花、逃げないで。俺の腕の中にいて」

三樹さんは懇願するようにそう言うと、絶対に離さないと言わんばかりに私の身体を強く強く抱きしめた。

「え？　って言ったのを気にしているんだろうけど、あれは気に障ったわけじゃなくて驚いたというか……」

いつも饒舌《じょうぜつ》な三樹さんが、珍しく口ごもる。私の言ったことが気に障ったんじゃなければ、あれは一体なんだったの？

その真意を確かめるべく彼の胸に押しつけられている顔を無理やり上げると、思っていたのと違う表情の三樹さんを見て唖然《あぜん》とする。

どうして三樹さんが、顔を赤くしてるの？

目の前のわけのわからない光景に、目をぱちくりさせる。すると今度はそんな私を見て三樹さんが、やれやれというように苦笑いをした。

「そんなかわいい目で、まじまじと見つめるの禁止。これだから困るんだよ。穂花、それわかってやってる？」

「え？　なにをですか？」

「無自覚っていうのは罪だよね。さっきから俺を煽《あお》ってるって、穂花わかってないでしょ？」

三樹さんは少し怒り口調でそう言うと、不満気な顔をして肩を落とした。

無自覚？　罪？　煽ってる？

なんだかあまりよくないことの三拍子のようで、不満なのは私も同じ。

それが一体なんなのか、三樹さんの言ってることが全然わからない。今回は本当に理解不能で、私の今の頭の中は『……』とこんな感じ。

「俺が付き合った女性の髪を乾かしたかってことについてだけど、その答えはＮＯ。穂花に言われて驚いたのは、君が俺にヤキモチを焼いてくれたからだ」

「私がヤキモチ……」

三樹さんにそう言われても、イマイチぴんとこない。ヤキモチを焼いたということは、私は三樹さんの歴代の彼女たちに嫉妬したということ……。

えぇ、そうなの!?

思いもよらないことを突きつけられて、動揺が止まらない。ヤキモチを焼くなんて初めての経験で、この気持ちの持っていき場がわからない。

まさかこの私が、一丁前にヤキモチを焼くなんて……。

「三樹さん、ごめんなさい」

「なんで穂花が謝るのかなぁ。いいかい。穂花がヤキモチを焼いたのは、それだけ俺のことが好きだっていう証拠でしょ？　まさか穂花がヤキモチを焼くなんてって驚いたけど、かなり嬉しかった」

「嬉しい？　面倒くさいじゃなくて？」

「まだ納得してないみたいだね。じゃあ仕方ない……よっとっ！」

「え？　わあ、きゃっ!?」

またしても三樹さんに抱き上げられて、彼の首に手を回すと落ちないようにぎゅっと掴まる。お風呂に入る前にも抱きかかえられていたから、どうやら身体が覚えていたみたいだ。

「さすがは穂花、ちゃんと学習してるね。うん、そうやってちゃんと掴まってて」

「でも私、重いですよね？」

だから自分で歩くとアピールしたつもりだったのに、三樹さんはなにも言わず私を抱き上げたまますつかつかと歩いていく。どこに連れていかれるのか……。

三樹さんは脱衣所を出ると廊下を突き進み、一番奥のドアを派手に開ける。灯《あか》りがついていないから部屋の中は真っ暗で、ここがどこなのかわからない。

でも下ろされた瞬間に自分の身体が沈み、そこがベッドの上でこの部屋が寝室だと気づく。三樹さんが私の上に馬乗りのように跨《また》がったときには暗がりに少し目が慣れてきて、彼の顔をとらえることができた。でも私を見下ろす目が、なにを考えているのかまではわからない。

「三樹さん……」

不安とか恐怖とか、好奇心とか期待感とか。いろんな思いが、ふつふつと湧き上がっては消えていく。どれも違うような気がして、ただ彼の名前を呼ぶ。

「穂花」

三樹さんは返事をするように私の名前を呼んで手を伸ばすと、サラッと前髪を掻き分け額に甘いキスを落とす。額に感じた三樹さんの唇の熱さに、それだけで全身が熱くなる。

「さっきの話の続きだけど」

「は、はい」

突然話し出した三樹さんに驚いて、ビクンと大きく身体が跳ねた。

「女性と付き合ったことがない……なんて嘘を言うつもりはない。三十二だからね、まあそこは許してほしいかな」

「そんな、許すだなんて。それこそ当たり前のことだって、ちゃんとわかってます」

「そう？　まあ、片手で足りるほどしか付き合ってないけどね」

片手で足りる？　それはちょっと嘘くさい。

三樹さんほどの男性が、さすがに片手では足りないはず。私のことを思ってそう言ったのかもしれないけれど、謙遜するにもほどがあるというもの。

「その目はなに？　もしかして、俺が言ったことを信用してない？　疑ってる？」

信用しているけど、信用していない。そんなどっちつかずの思いが、つい疑いの目を向けさせてしまった。

「若いころの俺は、そこまで恋愛に興味がなくてね。こんなことを言ったら嫌われるかもしれないが、本気で好きだった女性がいたのかすら自分のことなのによくわからないんだ。人を愛する意味さえ、わかってなかったと思う」

三樹さんは私の上に覆いかぶさると、首元に顔を埋める。素肌に三樹さんの吐息が触れて、突然の体感に思わずに首を竦《すく》めた。

「穂花。しばらくこのままで聞いてくれる？」

「……はい」

そう言う三樹さんに至近距離で覗き込まれて、少しだけ顔を逸らして頷いた。

「俺も男だからね、相手の女性を愛そうと努力した。でも付き合っていくうちに相手が求めているのは俺自身ではなく、副社長という身分や立場だというのが垣間見《かいまみ》えて、虚しさや孤独感にさいなまれて恋をするのが面倒になっていた」

三樹さんはもう一度私の首元に顔を埋め、切なげに細い吐息をつく。彼の悲痛が伝わってきて、ゆっくりと手を伸ばす。

恋愛経験のない私はこんなときなんて言葉をかけていいのかわからなくて、そばにあった腕に触れる。すると三樹さんの身体が小さく跳ねた。

「ご、ごめんなさい」

「なんで穂花が謝るの？」

そう言って三樹さんはふっと優しく笑う。

「穂花は本当に優しいよね。でもそれは俺だけに限らず、誰にも分け隔てなくだ。どんなときでも自分のことよりも他人のことを一番に思い、満面の笑みを向けてくれる。そんな君を見ていたら、その笑顔を俺だけのものにしたい、心の底から君が欲しいといつしか強く思うようになった」

三樹さんは身体を起こし、真上から私を見下ろす。熱い目で真っすぐに私を見つめ、大きな手で右頬を優しく包み込んだ。

胸が苦しい。

嬉しいのか恥ずかしいのか、わけのわからない感情に身体が包み込まれる。

「だからっていうのもおかしいけど、穂花がヤキモチなんて焼く必要はひとつもない」

「本当に？」

「ああ、本当だ。俺が本気で愛したのは穂花が初めてで、過去も今もこれからも穂花ひとりだけだ。俺がどれほど穂花を愛しているか言ってもわからないなら、心と身体に刻みつけてあげる」

「え？」

三樹さんの言うことがなにを意味するのか、いくら経験がないといってもわからないほど子どもじゃない。彼のマンションに行くと自分で決めた時点で、どんなことが起きようとも覚悟はできている……つもり。

でも熱のこもった妖艶な目で見つめられ甘く囁かれると、頭ではわかっていても心と身体のバランスが取れなくなってしまう。

「穂花、緊張しすぎ。俺は平気だけど、そんなに強く俺の腕を掴んでたら手が痛いんじゃない？」

三樹さんにそう言われて自分の手を見ると、三樹さんが言う通り力を入れすぎて手が真っ赤になっている。気づかないうちに、三樹さんの腕を強く掴んでいたみたいだ。

「ご、ごめんなさい！」

パッと離した手は、あっけなく三樹さんに取られた。少し身体を起こした三樹さんに右手だけで両手首を掴まれ、頭の上に縫いつけられる。驚いている私の唇に柔らかいものが触れて、啄《ついば》むように何度も重なった。

「好きだ、穂花」

そう言って私の唇に指を這《は》わせ、耳朶を食《は》んで弄び、そのままゆっくりと首筋を舌でなぞる。三樹さんの舌のざらっとした感触に、「んっ」と艶っぽい声が漏れた。それが自分の口から出たものだと気づき、恥ずかしくて慌てて口を塞いだ。

「脱がせてもいい？」

まだなにも言っていないのに、三樹さんはパーカーの裾をたくし上げる。

「え、ちょ、待って」

「待てない」

慌てて身体を起こそうと試みるがいとも簡単に制止されて、あれよあれよという間に脱がされてしまう。上半身ブラジャーだけの姿に心もとなくて、胸を隠すように自分で自分を抱きしめた。

「穂花、綺麗だよ。だから隠さないで、君の全部を俺に見せて」

三樹さんは艶を含んだ吐息のような声で囁いては、鎖骨の辺りに唇を寄せて強く吸い上げる。チクリとした痛みが残る場所を、ゆっくりと舐めていく。

三樹さんの唇に、指に、手のひらに――。

熱に侵されたように掠《かす》れる三樹さんの声に、私の中でなんとか保っていた理性が狂い始めた。

唇が重なり合うと、息継ぎのために薄く開いた隙間から彼の舌が入ってきた。舌を絡めとられて強く吸い上げられると、頭の中が痺れてなにも考えられなくなる。

気づけば一糸まとわぬ姿になっていて。何度も「好きだ」「愛してる」と言ってくれる三樹さんの気持ちに応えたくて、彼の首にしがみつくように腕を回した。

三樹さんは首筋にキスをするとそこからゆっくりと下がっていき、胸の膨らみにキスを落とす。まだ誰にも触れられたことのないところに指が忍び込んできて、もう十分に潤っているそこは指をするりと飲み込んだ。彼の手のひらや唇が熱くて、思わず甘い吐息が漏れた。

「んっ……あぁ」

呼吸が乱れ、身体の奥が疼き始める。

「ごめん、もう限界……」

私の耳元で囁く苦しげな声にその意味を知って頷くと、彼は私の唇を塞いだ。

自分の中へと受け入れた痛みに、ぎゅっと強くシーツを掴む。

「んあっ……あぁ――」

繋がった身体は三樹さんに容赦なく責め立てられ、深いところまで入ってきた苦しさと初めて知る快感に、声にならない嬌声《きょうせい》を上げ続けた。

ふたりで眠るには広すぎるベッドで、大きな窓にかかるカーテンの隙間から入る陽の光に目を覚ます。

ん？　ここは……。

覚めきらない目をこすりゆっくりと身体を起こすと、肩まで掛かっていた軽くて温かい羽毛布団がパサッと落ちた。それを取ろうと視線を下に向けて、自分のあられもない姿に絶句する。

私、なんで裸なの!?

「あ……」

でもそれは、隣で寝息を立てて寝ている三樹さんを見つけてすぐに解決。昨日の夜からのあれやこれやを思い出し、もう一度寝ころぶと布団を引っ張り上げ頭からすっぽりと被《かぶ》った。

私、三樹さんと……。

自分の下腹部に残っている鈍い痛みに、身体のあちこちに散らばっている赤い痣《あざ》のような痕《あと》。それらは全部三樹さんに愛された証《あかし》で、私に幸せをもたらしてくれる。

掛け布団を少しだけ下げて鼻のところまで顔を出すと、目だけきょろきょろと動かして部屋の中を確認する。昨日は暗くて気づかなかったけれど、寝室にしてはかなり広い部屋でベッドとサイドテーブル以外にほとんど家具はないみたいだ。

くるりと身体を横にすると三樹さんはベッドの真ん中でこっちを向き、静かな寝息を立てている。もそもそと身体を動かし、ピタリと彼に身を寄せた。

それにしても、寝顔までカッコいいとか三樹さんズルい。

なんとなく悔しくて、彼の頬を軽く摘まんでみる。三樹さんは一瞬眉をひそめたけれど、ぐっすり寝ているのか起きる気配はまったくない。

三樹さんをひとり占めしているようで、自然と笑みが漏れた。

すぐにでも起きてほしいような、もう少し寝かせてあげたいような……。

不意に軽く開いた口元が気になって、ふっくらとした唇にそっと指を当てぷにぷにと感触を楽しむ。何度触っても起きる気配を見せない三樹さんに、ふと欲望にも似た気持ちがこみ上げた。

今なら私からキスしても気づかれないよね？

三樹さんを誰にも奪われたくない——そんな独占欲が、いつもの私じゃない私を突き動かす。

彼の胸元に手をつけて、ゆっくりゆっくり顔を近づける。三樹さんの唇がN極なら、私はS極。まるで磁石のように引き寄せられて、あと数センチで唇が重なる……そう思った、そのとき。

「ふふ……ふふふ……」

鼻から空気が抜けるような笑い声が聞こえ、寝ているはずの三樹さんの唇がわずかに動く。どうしてと小首を傾げたのと同時に、三樹さんがパチリと目を開く。

「おはよ」

当たり前のことだが、キスしようと顔を近づけていたから三樹さんとの距離はとても近い。鼻と鼻とが触れそうなところで微笑を浮かべた三樹さんは、動けずにいる私にチュッと音を立ててキスをする。

「お、おはよう、ございます」

突拍子もないキスに呆然としてしまい、でも朝の挨拶だけは忘れずに返す。でも内心はといえば心臓がバクバクで、急激に恥ずかしさが襲ってきて三樹さんから少し離れてくるりと背を向けた。

穴があったら入りたい……。

「い、いつから起きていたんですか？」

返答によっては、本当に穴を探さないといけなくなる。

「ついさっきだよ。穂花が自分の裸の姿を見て唖然と——」

「わ、わかりましたから、もういいです！」

やっぱり……。

ついさっきからなんて言ったけど、それって私が起きてすぐに三樹さんも起きたってことじゃない！　それなのに寝たふりをしてずっと私のしていたことを見ていたなんて、三樹さんは本当に意地悪というか悪趣味というか……。

「もう少し我慢すれば穂花からのキスがもらえたのに、惜しいことをしたなぁ」

三樹さんはまだ眠いのか、あくびをしながら私を腕の中に引き寄せ、後ろから抱きしめた。彼の腕にすっぽり収まると夜中の情事を思い出し、身体がまた熱を帯びてくる。

「からかうなんて、ひどいです」

「ひどい？　それを言うなら、あんなかわいい顔をして襲ってくる、穂花のほうがひどいと思うけど？　俺のこと、どれだけ翻弄すれば気が済むの？」

「だから、そんなつもりは――」

「責任、取ってもらうよ」

耳元で甘やかに囁かれ、温かな身体に抱き込まれると身動きもできない。

くるりと回転されられると目の前には上機嫌な三樹さんの顔があって、その綺麗で透き通る目が私を捕らえた。

これって、もしかして……。

身の危険を察知し彼から目を逸らそうとした瞬間、三樹さんが私の身体に覆いかぶさる。その身体はどこもかしこも熱くて、昨晩の出来事を彷彿《ほうふつ》させた。

「あ、あの。もう外が明るいんですけど」

「うん、知ってる」

それがどうしたの？　というように、三樹さんは私の前髪を掻き分けすました様子で顔を近づけた。

「恥ずかしいです……」

「ごめん。でも、恥ずかしがる穂花が見たいんだ」

そう言って唇を塞がれ、優しく、けれど遠慮のない手が全身を這う。

「穂花、愛してる……」

迷いのない愛の囁きになにも考えられなくなって、ただ三樹さんからの狂おしいほどの熱を感じていた。

幸せの意味

十二月も半ばを過ぎ、冬本番。寒さも日毎に増して、花壇に咲くパンジーやビオラの水やりも、ダウンジャケットが必須になっている。

アイザワ・ワイン＆コーヒースクエアの年末年始は、いつにも増して忙しい。クリスマスに年末年始、忘年会や新年会とイベント続きで、いわゆる〝書き入れ時〟というわけだ。

だから私も十二月の半ばから一月の十日ごろまでは、お休みがほとんどない。

それはここで仕事をするようになってからは当たり前のことで、なにを思うこともなかったのだけど……今年は少し違う。

三樹さんと付き合うようになって、初めての年末年始。特にクリスマスは、恋人たちが一番楽しみにしているイベントと言っても過言じゃない。

実は私もそのうちのひとり。もちろんクリスマスイブもクリスマス当日も仕事で休みではないけれど、仕事が終わったらプレゼントを届けに会いに行く――そう思っていたのに、ついさっき三樹さんから一通のメールが届いた。

【急なんだけど、今からアメリカへ出張に行くことになった。戻りは年明けになりそうで、クリスマスは一緒に過ごせそうもない。穂花、本当にごめん】

ショックは大きく、ベッドの上で小一時間抜け殻状態。でもよく考えてみれば仕事のための出張で、なにも遊びに行くわけじゃない。三樹さんの仕事のことはよくわからないけれど、急に決まったのだって三樹さんが悪いわけじゃないし、副社長という責任ある立場なのだから仕方のないこと。

そうわかっていても、冬の寒さも手伝って寂しさはいつも以上に募るもの。

「せっかく準備したのになぁ……」

寝ころんだままサイドテーブルに手を伸ばし、濃紺の包み紙と金色のリボンがついたプレゼントを手に取る。

お天気お姉さんがニュースで『今年の冬は例年よりも寒くなる』と言っていたから少し奮発して、仕事で出かけることも多い三樹さんのマストアイテム、クラシカルで落ち着いた質感とデザインが人気のイタリアの老舗《しにせ》ブランドの手袋を購入。

喜んでくれて素敵な笑顔が見られるのを楽しみにしていたけれど、どうやら当分お預けになりそうだ。

【気をつけて行ってきてください。帰ってくる日を楽しみに待っています】

そうメールも送ったけれど、まだ返事はない。

「急だって言ってたし、忙しいよね……」

なんともいえない切ないため息をつき、プレゼントとスマホをサイドテーブルに置くと抱き枕を抱える。寂しさを掻き消すように目を瞑《つむ》り、そのまま眠りについた。


三樹さんが出張から帰ってくるまで約三週間。最初は長いなと思っていたけれど、店が想定していたよりも忙しくあっという間にときは過ぎていった。それに忙しければ忙しいほど余計なことを考える暇もなくて、それはそれでよかったのかもしれない。

三樹さんからは、私がメールを返した二日後に返信が届いた。すぐに連絡できなくてごめんと何度も謝る三樹さんの優しさに、逆にこっちが恐縮してしまった。

本当は声が聞きたかったから電話で直接話したかったけれど、十七時間も時差があってなかなかタイミングが合わず、その代わり時間があるときはこれでもかというくらいメールを届けてくれた。

三樹さんはどんなときでも、私のことを考えてくれている。それは私の心を温めてくれて、寂しさを埋めてくれた。だから会えなくても頑張れたし、会える日が今まで以上に楽しみになった。

以前にも増して、三樹さんのことが好きになっている。

「遅くなっちゃったけど、早くクリスマスプレゼント渡したいなぁ」

部屋の窓から星空を眺め、今はまだ遠く離れたところにいる三樹さんに思いを馳せる。

今日は一月八日の土曜日。あと二日で、三樹さんがアメリカから日本に帰ってくる。十日に帰るとメールをもらってからというもの、待ち遠しさに胸が高鳴り夜もまともに寝られていない。だから少し寝不足気味だけど、それよりも会いたい気持ちのほうが勝ってすこぶる元気だったりする。

明日の日曜日はもともと休み。明後日の月曜日は成人の日の祝日で、忙しいのは承知の上で両親に頼み込み、なんとかお休みを確保。飛行機の到着時刻は三樹さんに教えてもらっている。三樹さんは『俺が会いに行くから待っていて』と言っていたけど、その日は空港まで迎えに行こうと目論んでいたりする。

でもその前に。

明日は久しぶりに、真琴と会うことになっている。私の目的は明後日のための服を買うことだけど、真琴は三樹さんのことを詳しく聞きたいらしい。

真琴とは三樹さんのところでお泊まりをするときにアリバイ作りに協力してもらう

連絡を入れただけで、年末年始でお互いに忙しく会えていない。だから絶対に三樹さんのことを聞かれると覚悟はしていたけれど、やっぱり少し恥ずかしい。でも反面、報告できることを嬉しくも思っていて……。

「でも相手が副島製薬の副社長だなんて知ったら……きっとビックリするよね」

私でもいまだに信じられないときがあるくらいだから、真琴が驚くのは容易に想像できる。

三樹さんが好き。その気持ちは日に日に強くなっていっているし、少しもぶれていない。それは三樹さんも同じで、私以上に愛してくれていると信じている。

でも今みたいに離れていると、心の奥に隠している〝不安〟が顔を出しそうになるのだ。副社長として海外に出張に行ったりするのを見ると、彼との世界の違いを思い知らされる。

三樹さんのそばにいるのが、本当に私でいいのかなって……。

「あ～ダメダメ。辛気臭くなるのは私の悪いところ」

こんなことを考えているって三樹さんには言えないけれど、言ったらきっと『なにバカなことを言ってるの』と一蹴されるに決まっている。『俺のこと信じられない？』とキスの雨が降るのが目に見えるようだ。

本当のことを言えば、今でもやっぱり自分に自信がない。でも三樹さんの隣で、どんなときも笑顔でいると決めたのは自分自身なのだ。

大丈夫――そう自分に言い聞かせ、もう一度星空を仰ぐ。

この空がどこまでも繋がっているように、私と三樹さんの心も繋がっているのだから……。


「穂花、久しぶり！　元気にしてた？」

「もちろん。真琴は、結婚式の準備は順調に進んでる？」

「それがね。穂花、聞いてよぉ――……」

電話やメールは時々していたけれど直接会うのは数か月ぶりで、真琴は余程積もる話があるのかしゃべり出したら一向に口が止まらない。ここで真琴の話を聞いていたら日が暮れそうだと、彼女の腕を引っ張り予約しておいたイタリアンカフェへと向かう。

窓から光が降り注ぐ明るい店内に入ると、隣の公園の景色がよく見える窓際の席に案内された。

シェフのおすすめサラダ、ミネストローネはそれぞれに、生ハムとルッコラのピッツァとタラバ蟹とアスパラガスのジェノベーゼはシェアでとオーダーし真琴と顔を見合わせてホッと一息つく。

「ところで穂花。この前のアリバイ工作の彼は、誰なのよ?」

開口一番、真琴は興味津々と言わんばかりの顔をして私にグッと詰め寄る。まあこうなるだろうと想定はしていたけれど、さすがにリアルだと戸惑ってしまう。

「う、うちのお客様……かな」

「客? なにをしてる人? 年齢は? チャラチャラした遊び人じゃないでしょうね? あ! アリバイを私に頼んだってことは、穂花、あんたまさか……」

矢継ぎ早に質問してきたと思ったら、次の瞬間、目を大きく見開いて驚いたような表情を見せるからこっちまで驚いてしまう。顔を真っ赤にしているところを見ると、きっとよからぬことでも想像しているのだと思うけれど。まだ私はなにも答えていないのに、真琴の想像力の豊かさには頭が下がる。

私はといえば、真琴が考えていることはおそらく〝当たらずとも遠からず〟で。そこはあまり触れてほしくないと、スルーを決め込む。

「真琴、ちょっと」

手先を上下に振り、少し近づいてと真琴を手招きで呼ぶ。「なによ」と言いながら顔を近づけた彼女に、小さな声で耳打ちをする。

「今お付き合いをしてるのは副島三樹さんといって、副島製薬の副社長をしていて――」

「ふむふむ。へぇ～、副島製薬の副社長ねぇ……えぇぇ!?　福島製薬って、あのウサギのマークでおなじみの？」

「ふふ。そう、その副島製薬」

副島製薬といえば、やっぱりウサギのマークよね。

真琴が私と同じ反応をするから、思わず笑ってしまった。でもその気持ちはよくわかると頷いていると、真琴がクスクスと笑い始めたのに気づき顔を上げた。

「なによ。いきなり笑い出して」

「だって穂花、幸せそうなんだもん。きっと、いい恋してるのね」

「そ、そんなことないし……」

真琴ったら、なに言っちゃってるの？　いい恋ってなによ、いい恋って……。

突然思わぬことを言われて、あたふたしてしまう。

なんか喉が渇いたかも……。

テーブルの上のコップに手を伸ばし、中に入っていたミネラルウォーターを一気に飲み干す。どうやら本当に身体が水を欲していたみたいで、全身が潤うと心も落ち着きを取り戻す。

「ねえ穂花。なにか心配なことでもあるの？　相手が副島製薬の副社長だもん、そりゃいろいろあるとは思うけど」

「まあ、そんな感じ。でも三樹さんは優しいし、私のことを大事にしてくれるよ。だから彼のことは信じてるんだけど……」

こんなときでも〝お嫁さん候補〟の文字が脳裏に浮かんで、真琴がいるというのにテンションが下がる。胸が詰まって、それ以上言葉が出てこない。

するとタイミングがいいのか悪いのかオーダーした料理が運ばれてきて、テーブルの上がすぐさまにぎやかになる。

「穂花。話はまたあとでゆっくり聞くから、まずは美味しそうな料理をいただこう」

「うん……」

「ほら、そんな顔しないで。お腹が空いてると、物事を悪いほうにと考えがちになるからね。腹が減っては戦はできぬじゃないけど、食べてエネルギー補給しなくちゃ」

そうか、私お腹が減っていたんだ。確かに朝食はろくに食べていない。だから考え方が卑屈になるのね。それに、食べ物に罪はない。腕によりをかけて作ってくれた料理を、どんな理由があろうとも食べないなんてばちが当たる。

「どれもみんな美味しそう」

「じゃあ食べよう。いただきます」

真琴の掛け声に合わせ、私もいただきますと手を合わせる。

久しぶりの真琴との再会と、イタリア料理の数々の味に舌鼓《したつづみ》を打った。


イタリアンカフェでの食事を終えると、真琴の提案で場所を移動することに。彼女おすすめの甘味処があるらしい。

渋い！　と思ったけれど、実はお団子やあんみつなどの和菓子は好物で文句はない。

そう遠くないというので、天気もいいからと徒歩で移動を開始。大通りをウィンドーショッピングやたわいのない会話をしながら歩いていると、大きな交差点の赤信号で足を止めた。でもすぐに青に変わり歩き出そうとして、ふと交差点を挟んだもうひとつの横断歩道のほうに顔を向け、目線の先の光景に目を疑う。

三樹さん？

まさか、そんなはずはない。だって三樹さんが日本に帰ってくるのは明日。だから横断歩道を渡っているのは三樹さんじゃない、私の見間違いだ――そう思っているのに、地面に根が生えたように足がまったく動かない。

「穂花？」

数歩先を歩いていた真琴が振り返り、私の様子がおかしいのに気づいて駆け寄ってくる。真琴が何度も私の名前を呼んでいるのはわかっていても、返事もできなければ口を動かすこともできない。

ううん、違う。私が三樹さんを見間違えるはずがない。あの横断歩道を渡っているのは、まぎれもなく三樹さんだ。

でも隣にいる女性は誰？　三樹さんに腕を絡めて楽しそうに笑っている、高級そうなベージュのロングコートを着ている綺麗な女性は一体誰なの？

三樹さんが明日帰ると嘘をついたことだけでも頭の中が真っ白なのに、隣にいる女性の存在が私に追い打ちをかける。

ふたりの仲のよさそうな姿なんて見たくないのに、どうしたって目が離せない。

横断歩道を渡りきったとき、女性がなにかをせがむように三樹さんに身体を近づけ、つま先立ちで顔を寄せた。三樹さんが女性の背中に手を回して――。

もういい。よくわかった。

ふたりから目を逸らすと、くるりと方向転換する。

「真琴。やっぱり私に、恋は無理だったみたい」

「は？　急にどうしちゃったのよ。穂花、顔色がよくないけど――」

「ごめん、真琴。今日はもう帰るね。また連絡する」

とにかく今すぐ、ここから離れたい。

ただそのことに一心で、言うことだけ言うと真琴の顔も見ずその場から走り出す。

「穂花！」

真琴の呼ぶ声にも振り向かず、ただひたすらに走る。

頭の中はパニック状態で正常な判断ができない。自分が今どこにいるのかさえもわからず、でもとにかくここから離れなくちゃと無我夢中で走り続けた。


気づけば、道路を挟んでアイザワ・ワイン&コーヒースクエアが見えるコンビニの前にいた。どこをどうやってここまで来たのか覚えてないけれど、とにかくここまで帰ってこられたことに安堵のため息をついた。

疲れた……。

でもこのころには気持ちも落ち着き始め、物事の判断ができるようにはなっていた。でもさっき見た光景だけは理解できず、胸はズキズキと痛みを増すばかり。

他人の空似だったらよかったのに……。

世の中には、自分に似た人が三人存在するという。とはいっても実際に会うことはないに等しいだろうけれど、あれが三樹さんに似た人だったらどれだけよかったことか……。

でももう今更、あれならよかったこれならよかったと思ってもあとの祭り。三樹さんと綺麗な女性が一緒にいたことは紛れもない事実で、嘘でも冗談でもない。

「あ……」

そのとき、あることに思いいたる。

きっとあの女性が、三樹さんが言っていたお嫁さん候補なんだろう。予定より一日早く帰ってきてその女性に会うなんて、三樹さんがそんなことをする人だとは思ってもみなかった。

婚約はしていないなんて言っていたのに、真っ先に会いに行くなんて……。

これって、二股をかけていたっていうこと？　どっちが本命なんて聞く必要もない、真っ先に会いたい人が本命に決まっている。

人のいいお面をかぶった三樹さんに、私はまんまと騙《だま》されたというわけだ。

「バカみたい……」

三樹さんは心配しなくても大丈夫だと言ってくれたけれど、その言葉を真に受けてお嫁さん候補がいる人を好きになったバカな私に天罰が下った。人のものは取っちゃダメって子どもでもわかりそうなことなのに、私は一体なにをしていたのか。

マンションで説明してもらったことをなんの疑いもせず、どうして鵜呑《うの》みにしてしまったのだろう……。

気が張っていたからか、それとも精一杯の強がりか、さっきまではまったくと言っていいほど出なかった涙が、じわじわと目に溜まり始める。

こんなところで泣きたくなんかないのに……。

目と鼻の先には自宅がある。でも店に両親がいると思うと、なかなか足が進んでくれない。でもいつまでもここにいるわけにもいかないし、少しでも気を緩めれば堪えている涙が溢れ出てしまう。

どこかで少し時間を潰そう……。

そう思い立つと踵《きびす》を返し、家とは反対方向へと歩き出した。

結局どこに行く当てもなく、近所の公園の隣にある図書館に緊急避難。

図書館なんて、中学生のとき以来十年ぶり。高校生になってからはバイトで収入を得て本は買うのがほとんどで疎遠だったけれど、久しぶりの紙の匂いに懐かしさも相まって、気づけば午後七時の閉館時間まで居座ってしまった。

図書館を出て、今度こそ家路につく。

四時間ほど図書館にいたことになるけれど、その間に読んだ本は一冊。しかも内容は、ほとんど覚えていない。タイトルすらうろ覚えで、数時間前に受けたダメージの大きさにため息をこぼした。

それでも幾分落ち着いた心は、私を真っすぐ家に向かわせる。玄関前に到着すると店から戻ってきた母と鉢合わせして、すかさず口角を上げた。

母は勘がいい。少しでも落ち込んでいたりでもすれば、私の表情の変化を瞬時に読み取って、『なにがあったの？』と詰め寄ってくるに違いない。

それは母の愛情で普段ならありがたいことなのだが、今日はそうはいかない。もし気づかれたとして、三樹さんとのことをうまく説明できる自信がない。

「た、ただいま」

いつも通りにしているつもりでも、どこかぎこちなくなってしまう。

「ああ、穂花お帰り。真琴ちゃんは元気だった？」

でも母は疲れているのか気づいてないようで、特に変わった様子も見せず玄関から部屋の中へと入っていく。ホッとして母のあとを追うように中に入るが、なんとなくリビングには行きづらくて。そのまま階段を上がろうとして、母に呼び止められた。

「穂花、夕飯はどうするの？」

「いい。今日は食べすぎたから、やめとく」

真琴おすすめの甘味処には行かなかったから、特に食べすぎたわけじゃない。でも食欲が湧かないというか、喉を通りそうにない。

「そう。カレー作っといたから、お腹が減ったら食べなさいね」

「うん、わかった」

簡単に返事をして、さっとその場をやり過ごすと部屋へと急ぐ。中に入ると、いつもならかけない部屋の鍵をかけた。そうでもしないと、母のことだから勝手に入ってくるかもしれない。

今日はもう誰とも話したくないし、顔も見たくない。そっと、ひとりにしておいてほしい……。

トボトボと力なく歩き、ベッドに腰かける。なにをしていても思い出すのは三樹さんが知らない女性と腕を組んで歩いている姿で、ため息と共に涙がこぼれ落ちた。

「三樹さんの嘘つき……」

俺が会いに行くから待っていて――。

昨日くれたメールにはそう書いてあったのに、どうして？

あ、でも、そういうことか。今日帰ってきているんだから、私が明日迎えに行っても会えなかったってことだよね？　だから三樹さんは『俺が会いに行く』なんて言ったんだ。

今日はお嫁さん候補の女性と過ごして、明日は偽りの仮面をかぶって私に会いに来る……。

どうしてそんなことをするの？　そんなにその女性が大切なら、私に好きだなんて言わなきゃいいのに……。

三樹さんのことが、全然理解できない。違う、理解できないんじゃなくて、理解なんてしたくない。

あんな光景を自分の目で見たというのに、彼はそんなことをするような人じゃないと、心のどこかでまだ三樹さんのことを信じている。

だからこんなにも悲しくて、胸が張り裂けそうなほど痛くて苦しいのだ。

今日私がふたりの姿を見たことを、三樹さんは知らない。だとしたら、明日のことで今晩連絡をしてくるかもしれない。

ふと、図書館に行くときにスマホの音をミュートにしたのを思い出す。カバンからスマホを取り出し見てみると……。

「やっぱり」

ミュートはそのままに、いくつも来ているメールと着信履歴を確認する。真琴からの心配メールが一通と、それ以外はほとんどが三樹さんからだった。

電話の着信が一回。そのとき私が出なかったからか、そのあと数回メールが入っていた。内容を見ると【今から電話してもいい？】というもので、もちろん電話なんて無理だしメールも、なんて返信すればいいのかわからない。

電話でなにを話すつもりかわからないけれど、今は三樹さんの声すら聞きたくない。それに、明日も会うつもりはない。というより……。

三樹さんとはもう連絡を取るのも会うのも、やめたほうがいいのかもしれない。今更言っても仕方ないけど、三樹さんと付き合うなんてやっぱり初めから間違いだったんだ。

「身の程知らず……だよね」

どこにでもあるような普通の一般家庭で育った私が、副島製薬の社長の御曹司と付き合うなんてうまくいくはずがない。そんなこと、もっと早くに気づくべきだった。

真琴にも悪いことをしてしまった。あとでちゃんと、お詫びの電話をしておかなきゃ。

もう疲れた、心と身体が悲鳴を上げている。

明日のことは……もうどうでもいい。

サイドテーブルにスマホを置いて着替えもしないでベッドに寝ころぶと、枕に突っ伏した。

今日も休みだというのに、頭が痛くて朝早くに目が覚めた。今は何時か確認しようと起き上がるが、壁にある時計がよく見えない。

そういえば、なんとなく瞼《まぶた》が重いかも……。

昨日の夜、枕に突っ伏したまま寝てしまった。しかも泣いていたのを思い出し、慌ててベッドから下りると姿見に自分の姿を映す。

「あぁ、やっちゃった」

見れば目はパンパンに腫れ、顔もこれでもかというくらいむくんでいる。化粧も落とさずに寝てしまったから、肌もボロボロだ。

三樹さんに会うつもりはないけれど、この顔はひどい。両親にも見せられない顔だ。

さすがにこのままじゃいけないと、両親を起こさないように階段を下りバスルームに向かう。幸いなことにお湯は残っていて、すぐに追い炊きをして湯船に浸かった。

少しぬるめの湯は身体も心も癒やしてくれて、ホッと息が漏れる。瞼の腫れが治まるようにと、温めたタオルを目に当てた。

これで少しはよくなるといいけど……。

ボーッとお湯に浸かっていると、無意識のうちに三樹さんのことを考えてしまう。

一晩寝れば気持ちの整理がつくかと思ったけれど、そう簡単にはいかないらしい。でも泣くのだけはなんとか持ちこたえて、もう一度瞼を腫らすことは免《まぬが》れた。

お風呂から出ると、ドライヤーを持って自分の部屋に戻る。

髪を乾かす前にスマホを確認したら、こんな朝早い時間なのに案の定三樹さんから電話がかかってきていた。

どうしようかと悩んだが、彼と話さないことにはいつまで経っても堂々巡りになってしまうと、意を決し三樹さんに電話をかけた。

私からの電話を待っていたのか、三樹さんは呼び出し音が一回まともに鳴らないうちに電話に出た。まさかの速さに驚いてしまう。

『穂花！　よかった。全然連絡が取れないから、なにかあったのかって心配してたんだ』

三樹さんはそう言うと、電話でもわかるくらい大きなため息をついた。これが演技だとしたら、三樹さんは名俳優になれるんじゃないだろうか。

現在の時刻は、朝の五時を少し回ったところ。当初の予定ではあと一時間もすればアメリカのロサンゼルス空港を飛び立つはずだ。でも三樹さんはなぜか、もう日本にいる。

『昨日も何回か電話したんだ。メールを送ったけど、気づかなかった？』

気づかないはずがない。そんなことわかっているのに三樹さんは怒ることもなく、私に問いかける。

昨日の光景を見なければ、いつもの優しい三樹さんに心が浮き立つところだけれど、今はそんな優しい気遣いの言葉さえも身体が勝手に拒否してしまう。

「ごめんなさい。昨日から身体の調子がよくなくて、スマホを見ていなくて……」

昨日からずっと三樹さんとどう話せばいいか悩んできたというのに、口からすらすらと嘘の言葉が出てきて、そんな自分に驚く。

『え、そうなの？　大丈夫？　病院へは行った？』

「三樹さん、もうすぐ搭乗時刻ですよね？」

『そ、そうだね。実はそのことについてなんだけど――』

「ごめんなさい。約束していたのに申し訳ないんですけど、今晩は会えそうもないので、また改めてこちらから連絡します」

まるで業務連絡のように早口で言うと、電話の向こうで三樹さんの様子が変わったのに気づく。

『う、うん。穂花の身体のほうが大事だからね。体調が悪くて会えないのは仕方ないけど、その話し方はどういう――』

「本当にごめんなさい。三樹さん、さようなら」

そう言って切ろうとして、電話の向こうから『え？　穂花、さようならってどういうこと？　ねえ穂花、ちょっと待って！』と三樹さんの焦るような声が聞こえて、一瞬切るのをためらってしまう。でも昨日のことを思い出して、その残像を断ち切るように電話を切った。

「これでいいんだ……」

三樹さんの最後の声が、一向に耳から離れてくれない。

自分で決めてしたことなのに胸が苦しい。これでよかったのかどうか、後悔の念に駆られて仕方がない。

急に足に力が入らなくなって、その場に崩れ落ちる。両手で顔を覆うと、声を押し殺し嗚咽《おえつ》を漏らした。

でも三十分もすると涙も涸《か》れて、気持ちが少し落ち着きを取り戻す。ふと真琴のことを思い出して、まだ早いとわかりながらも電話を掛けた。

『穂花、突然帰るんだもん、心配したじゃない。なにがあったの？』

彼女の心配そうな声に、あんなことがあったとはいえ、なにも言わずに帰ったことを後悔する。申し訳なかったと心が痛む。

『でも電話くれてよかった。心配しすぎて、一睡もできなかったんだから』

「ホントに？」

『いや、ごめん。一睡もって言うのは冗談』

「もう、真琴ったら」

彼女なりの心遣いなのだろう。そんな冗談に真琴のおどけている顔が浮かんで、少しだけ心が軽くなった。

「こんな朝早くにごめん。あのね真琴、昨日のことなんだけど――」

そう話し出した途端、昨日の光景が目に浮かぶ。なにかがつっかえたように胸が痛くなって、言葉が続かなくなる。

『穂花、大丈夫。私も今日は休みだし、どれだけでも付き合ってあげるから、ゆっくり話せばいいよ』

「真琴……」

彼女の優しさに溢れそうになる涙を堪え、昨日あったことをゆっくりと話し始めた。

『あのときに、そんなことが……』

私の話を最後まで聞いた真琴が、電話の向こうで大きなため息をついたのが聞こえる。

早朝から、こんな話を聞かされても困るよね……。

でも私は真琴に話を聞いてもらったおかげで、悲しくて苦しかった胸の痛みが薄らいでいた。

「真琴、ごめんね。昨日といい今日といい、嫌な思いをさせて」

『別に嫌な思いなんてしてないから安心して。逆に気づいてあげられなくて、私のほうこそごめん』

真琴に謝られることなんてひとつもない。

三樹さんのことを勝手に信じて勝手に落ち込んだ、私の身勝手な行動が引き起こしたことなんだから。

でもそう言ってくれる彼女の気持ちが嬉しくて、強張っていた表情が少しだけ和らいだ。

「真琴に話を聞いてもらって、なんとなくだけど気持ちも落ち着いてきたし、よくよく考えてみれば三樹さんほどの人が私なんかを好きになるなんてありえないよね」

わかっていたことなのに三樹さんのことが好きすぎて、彼がくれる言葉や気持ちを全部信じてしまった。

「あんな綺麗でかわいい女性がいるのに私のことが好きなんて、三樹さんも人が悪いよね」

『穂花……。でもその人がお嫁さん候補の女性だと、決まったわけじゃないでしょ？』

「え？」

真琴の思いもよらない言葉に一瞬思考が止まる。

お嫁さん候補の女性じゃないなんて、そんなこと……。

私に嘘をついてまで予定より一日早く帰ってきて会っているんだから、お嫁さん候補に決まってる。そんなこと聞くまでもないじゃない。

「冗談はやめてよ。一緒にいた人がお嫁さん候補じゃなかったら、誰だっていうの？」

『それはわからないけど。どっちにしても、このままっていうのはどうかと思うよ。ちゃんと会って真相を確かめる。そうしないと、いつまでもひとりで悩むことになるんじゃない？』

「それは、そうかもしれないけど。さっき彼に電話して『さようなら』って言っちゃたし、どんな顔して会えばいいのか……」

勝手にさようならなんて言ってしまったけれど、三樹さんはどう思っただろう。電話を切ろうとした私に『ちょっと待って』と呼びかけた、三樹さんの声が今でも耳に残っている。

『ひとりが難しいなら私が一緒に行ってあげるから、もう一度連絡するのがいいと思う。辛《つら》いかもしれないけど、一緒にいた女性は誰なのか、穂花には聞く権利があるんだから』

真琴は続けて『気持ちが落ち着いたらすぐに連絡して』と言うと電話を切った。

彼女の言うこともわからなくはないけれど、まだしばらくは三樹さんに連絡する気にはなれそうに……ない。

「昨日も頭が痛かったんでしょ？　ここのところ店も忙しくてよく働いてくれていた

し、きっと疲れが出たのね。今日も休んでいいから、一日おとなしく寝てなさい」

母はそう言って薬と飲み物をテーブルに置くと、「なにかあったら呼んで」と部屋から出ていった。

「疲れかぁ……」

一昨日昨日と普段使わない頭を使いすぎたのか目が覚めると身体が重くて、熱を測ったら三十八度。この歳になって知恵熱？　とかありえないと苦笑して、もう一度布団の中にもぐり込んだ。

情けない。子どものころから体力には自信があって、熱を出すことなんてめったになかったのに……。

やっぱり私には、恋愛は向いてないのかもしれない。

三樹さんからは『さようなら』と電話を切ってから何度掛かってきたかわからないほど連絡が入ってきていて、着信履歴は三樹さんでいっぱい。メールも同じでひっきりなしに届いているけど、まだ一通も開いていない。

私のことなんて放っておいて、一緒にいた女性と仲良くすればいいのに……。

腕を組んで歩いていた光景が目に焼きついていて、私の心をひどく苦しめる。なんでまだ連絡をしてくるのか、三樹さんがなにを考えているのか全然わからない。

この先どうしたらいいのか……。

真琴には『一度連絡するのがいいと思う』と言われたけれど、さすがに今日の今日では無理というもの。いや、何日経ったとしても、三樹さんに連絡なんてできそうもない。

しばらく今のまま知らん振りを決め込んでいれば、会いに来るのはもちろん、きっと連絡も来なくなるだろうと思っている。いわゆる〝自然消滅〟というやつだ。

あんな決定的な場面を見たのに未練がましいと思われるかもしれないけれど、心の底からそんなことを望んでいるわけじゃない。何日経っても心のどこかに三樹さんを信じたい気持ちが残ったまま、それを捨てきれずにいるのだ。

それもそのはず。だって私はまだ三樹さんのことが、好きで好きでたまらない。そんな簡単に諦められるような、軽い想いじゃなかったのだから……。

トントンとドアを叩く音で目が覚める。三樹さんのことを想いながら、どうやら知らぬ間に寝てしまっていたみたいだ。

「入るわよ」

まだ頭が覚醒しきれていなくてなにも答えないままでいると、母はいつものように勝手に部屋に入ってきて私に近づいた。

「なによ、起きてるなら返事ぐらいしなさい。気分はどう？　起きられそう？」

小さな声で「うん」と答えると、母に手伝ってもらって身体を起こす。クッションを抱えてそのままヘッドボードにもたれると、それを見た母はベッドの縁に腰を下ろした。

「ねえ穂花。あなた副島さんと、なにかあるの？」

「え？」

母の口から、唐突に三樹さんの名前が出てきて面食らう。なにかあるの？　と聞くということは、そう思うことがあったということで……。

「もしかして三樹さん、お店に来た？」

「来たと言うか、まだお店にいるわよ。穂花の具合はどうかって聞かれて、できれば会いたいって言ってるけど」

「ごめん。悪いけど、帰ってもらって」

まだ熱は下がっていないしパジャマのまま、それでなくても会えるわけがない。

母はなにかを察したのか「わかった」と立ち上がり、そのまま部屋を出ていった。

三樹さんが店に来ると思っていなかったわけじゃないけれど、まさか本当に来るとは。しかも母に『できれば会いたい』と言うなんて、三樹さんは一体どういうつもりなんだろう。

もしかして、別れ話をしに来たとか……。

そっか、やっぱりそういうことだったんだ。私とは最初から遊び、本命はお嫁さん候補の女性のほうだった、というわけだ。

三樹さんと話をしたわけじゃない。だから勝手にそう決めつけるのはどうかと思うけれど……。

昨日一昨日と泣きすぎるくらい泣いたからか、不思議なほど涙は出てこない。その代わりにと言ったらおかしいけれど、また熱が上がってきたかもしれない。

頭がくらくらする……。

そのままベッドに倒れ込み、布団をかぶる。母が階段を上ってくる音が聞こえて、布団から少しだけ顔を出した。

「穂花」

ドアを開けて入ってくると、母はため息をつき眉尻を下げた。

「副島さん、帰ったわよ。まだ熱があるからって言ったら、副島さんすごく悲しそうな顔をするんだもの。お母さん、胸が痛くなっちゃったわよ」

「ごめんなさい」

「ねえ、副島さんとなにがあったのか、お母さんに話してくれない？」

そう言って私の顔を覗く母の目は、心配そうに揺れている。ふたりの関係が自然消滅したなら今更なにも言わなくてもいいかと思っていたけれど、こうなっては話さないわけにいかないと重たい口を開いた。

三樹さんに初めて会った日からの自分の気持ち、付き合うことになるまでの経緯や二日前に目撃した出来事までを事細かに話す。

今まで隠していたことを母に洗いざらい話すと、胸に重くのしかかっていたものが取れたかのように気持ちが軽くなる。

母を見ればティッシュペーパー片手に私より泣いていて、こんなときなのにふふっと笑いがこみ上げてしまう。

「もうお母さん、泣くことないじゃない」

「だってそんなこと全然知らなかったんだもの。娘がそんな苦しい思いでいたのに気づかないなんて、母親失格ね」

そう言いながら鼻をズーかむから、可笑《おか》しいやらかわいいやら。そんな気取らない母を見ていたら悩んでいるのがばかばかしくなって、スッと心が軽くなる。

「お母さんほど、母親らしい母親はいないと思うけど。ありがとう、私の代わりに泣いてくれて」

「あなたの代わりに泣いたつもりはないんだけど。ねえ、穂花？」

「ん？」

母は鼻をかみ終えると、ベッドの上で正座をする。その顔は真剣そのもので、なぜ正座なのと思いながらも私も母の真正面に正座で向き直った。

「お母さんは穂花の話を聞いても、副島さんがそんないい加減なことをする人には思えないの。そりゃあ付き合っていることを隠してたことに関しては、大人の男性としてどうかと思うけど」

「それは！　隠してたわけじゃなくて……」

「わかってるわよ。どうせ穂花がひとりでグダグダ悩んで、言えなかったんでしょ？」

「なんでわかるの？」

「何年一緒にいると思ってるの？　あなたの性格なら、そんなところだと思っただけ」

母はそう言ってにっこり微笑み、私の頭に手を乗せる。私が幼かったころと同じように、その手をポンポンと優しく弾ませた。

「そうやってひとりで悩むのは穂花の悪い癖。独りよがりな考えで結論を急いでも、いいことはないわよ。一度副島さんとちゃんと向き合って、話をしたらどうなの？」

前に真琴にも同じようなことを言われたけれど、母の言葉でふと三樹さんに言われた言葉を思い出す。

君はなんでもひとりで我慢するところがあるから、時々心配になる――。

今も変わらず、私のことを心配してくれているのだろうか。

お嫁さん候補の女性と仲良くしていたのだから、そんなことあるはずもないのに、つまらないことを考えてしまう。

母の気持ちは涙が出るほどありがたいけれど、今の私にはやっぱり無理。三樹さんと幸せになれないのなら、なにを話したとしても結果は同じ。

「お母さん、ごめん。しばらくひとりにさせて」

「そうね。まだ熱もあるみたいだし、今はゆっくり身体を休めなさい。またあとで様子を見に来るから」

母は優しい笑顔を見せてそう言うと、名残惜しそうに部屋から出ていった。

熱い身体を横たわらせ、天井を仰ぎ見る。

「三樹さん……」

彼の名前を口に出して呼ぶ。すると三樹さんの顔がぼんやりと浮かび上がりそうになって、慌てて腕で目を隠した。

三樹SIDE

「副島さん、ごめんなさいね。穂花まだ熱が高いから、今日はちょっと……」

物事をはっきりという景子さんにしては珍しく、奥歯に物が挟まったような口ぶりに違和感を覚える。

やっぱり、なにかがおかしい――。

当初の予定よりも一日早くアメリカから帰ってきた日から、穂花の様子がどうにもおかしいのだ。

その日穂花は友達と出かけていて、久しぶりに会うと聞いていたから邪魔はしたくないと、メッセージを送るのは穂花が帰宅予定の夕方以降と決めていた。

だからそれまで時間を潰し、午後五時になったのを見計らい喜び勇んでメッセージを送ったというのに……。

いつもなら出かけていてもすぐに返ってくるメールが、一向に返ってこなかった。

久しぶりの友達との会話に夢中になっていて、俺のメッセージを見ていない可能性もないとは言えない。しかし今までどんなときでもすぐに返事が戻ってきていたのに、どうして今回に限って何度メッセージを送ってもまったく返事が来ないのか。

もしかして、穂花になにかあったのだろうか。

痺れを切らした俺は電話もかけてみたが、結局その日は穂花と話すことはおろか連絡すら取れなかった。

迷惑だとわかっていても気持ちは抑えられず、早朝にも何度か電話をかけた。それでも一向に出ない穂花に、なにをどうすればいいのか手立てを失いかけていたそのとき。

スマートフォンの着信音が鳴り、間髪いれずに電話に出た。

「穂花！　よかった。全然連絡が取れないから、なにかあったのかって心配してたんだ」

電話の向こうに穂花がいる気配は感じるものの、彼女は一向に話してはくれない。

「昨日も何回か電話したんだ。メールを送ったけど、気づかなかった？」

いつもの穂花なら、気づいていないはずがない。でもそれを責めるつもりで言ったわけでもなかった。ただとにかく穂花の声が聞きたい——その一心で言っただけだったのに、穂花にはそんな俺の気持ちが届かなかったようだ。

『ごめんなさい。昨日から身体の調子がよくなくて、スマホを見ていなくて……』

穂花の反応はどこか心ここにあらずといった感じで、いつもの明るさや元気がまったくなく、覇気も感じられない。調子が悪いのなら仕方のないことかもしれないが、それにしても様子がおかしい。挙げ句の果てに穂花の口から発せられたのは……。

『三樹さん、さようなら』

そう言った穂花の声が、今でも耳から離れない。

居ても立ってもいられなくなった俺は一日考え抜いたあげく、直接穂花に会いに行くことを決心して今日ここへ来たというのに、門前払いを食らってしまった。

あれは単なる挨拶の〝さようなら〟の言い方じゃない。もう二度と会わないと言わんばかりの、別れを意味する〝さようなら〟に聞こえたのは俺の勘違いじゃないはずだ。

日本に戻る前に【俺が会いに行くから待っていて】そうメッセージを送ったときは、いつもと変わりない嬉しそうな返事が来た。久しぶりに会えるのを楽しみにしていると心躍る様子だったのに、一体なにが起こったというんだ。

〝さようなら〟の前から電話で話す様子が変だなとは思っていたが、なんでそうなっているのかまったく見当もつかなくて正直困惑しかない。

なにかを隠して言い淀《よど》む景子さんの様子からして、穂花自身が俺に会いたくないのは間違いないだろう。

日本に戻る前日からの記憶を辿ってみても、なにが穂花をそうさせたのか思い当たらない。穂花が俺との関係を終わらせようとするなにか……。

考えれば考えるほど、わからなくなってしまう。だからといって、このまま終わらせるわけにはいかない。

穂花は副島製薬の次期社長としてではなく、ありのままの俺を見てくれる。屈託のない笑顔に、どれだけ癒やされてきたことか。

彼女の優しさ温かさに触れてしまった今となっては俺には穂花が必要で、もう絶対に手放せない存在なのだ。

穂花の心も彼女自身も、必ず取り戻してみせる。

そう一大決心をすると、榊が待つ車へと戻る。

「悪い。待たせた」

「いえ、お気になさらず。そんなことより、逢沢さんには会えましたか？」

「いや。どうやら、俺に会うつもりはないらしい。なにが彼女をそうさせているのかわからないが、だからといってこのまま引き下がるわけにはいかない」

景子さんが嘘をつくとは思えないから、穂花の体調が悪いのは本当だろう。

今日は火曜日か。本当は一日でも早く穂花に会いけれど、あいにく今週は外せない仕事があって週末まで時間が取れそうにない。だとすれば、事を起こすのなら次の日曜日が最善かと思うのだが……。

さて、どうしたものか。

「榊、出してくれ」

榊がエンジンをかけ車が動き出すと、視線を窓の外へと向ける。

今度来るときは穂花をこの手で抱きしめる——そう心に刻むと、ゆっくりと目を閉じ頭の中で計画を立て始めた。

かけがえのない存在

「いらっしゃいませ」

午前十時。アイザワ・ワイン＆コーヒースクエアがオープンすると笑顔でお客様をお出迎え、いつもの一日が始まる。

火曜日に出た熱も、翌日の水曜日には平熱まで下がった。でも食欲はまだ戻ってなくて体調も万全とは言えないけれど、木曜日から仕事に復帰した。

今日は一月三週目の日曜日で本来ならお休み。でもこの前の日曜日から四日連続で休んだ手前さすがに気が引けて、罪滅ぼし……というわけじゃないけれど仕事に出ている。

それに……。

忙しく仕事をしていれば、余計なことを考えなくて済む。なにもしないでひとりで部屋にいると三樹さんのことばかりを考えてしまって、なにも手につかなくなってしまう。

両親にはこれ以上迷惑をかけたくない。事情を知っている母はもちろんのこと、詳しいことを知らない父もきっと心配しているはずだ。

といっても父は無口な人でどちらかというと我関せず、なにかをとやかく言ってくるような人ではない。

「穂花。これ頼む」

「なに？」

「見ればわかる」

と、父はいつもこんな感じ。特に干渉はしない、遠くから見守ってくれているような関係性が心地《ここち》好い。

受け取った用紙を見るとコーヒー豆の注文書の控えで、配達時間ではもうすぐ届くことになっているけど……。

それを私に受け取っておけってこと？

「そこは、ひとことあってもいいのに」

コーヒー豆が届くまで店の前の花壇に水をあげようと、苦笑いしながら表に出る。水撒きをしながら不意にいつも車が来る方向に目を向けると、交差点を左折したダークブルーの車体が目に入り咄嗟に身をひるがえす。そのまま店内に飛び込むと、母の姿を探した。

「お母さん！」

お客さんがいるのも構わず大声で母を呼ぶと、しゃがんでいたのかカウンターからひょっこりと顔を出す母を発見して近寄った。

「どうしたの、そんな大声出して？」

「来たの！」

「なにが？」

「なにがじゃなくて、三樹さんが！」

「あぁ……」

母はそっけない返事をすると、窓の外に目を向ける。つられて私も窓の外を見ると、思った通り三樹さんが乗るダークブルーの車が駐車場に入ってきて、慌ててカウンターの中に入り身を隠した。

「ごめん。私はいないって言って。しばらく家のほうにいるから」

「ええ、またお母さんに嘘をつけっていうの？　ちゃんと話をすればいいじゃない」

「無理だよ……」

まさか日曜日に来るなんて……。

完全に気を抜いていて、心の準備ができていない。もちろん母が言うこともわからなくもない、話をしたほうがいいのかもしれないと何度思ったことか。でも結局『彼と私では世界が違いすぎる』という結論に辿り着いてしまうのだ。

気持ちは落ち着き始めているが、三樹さんのことを忘れたわけじゃない。未練だって、ないといったら嘘になる。だからこんなときに三樹さんと会えば、また好きの気持ちが膨れ上がって踏ん切りがつかなくなってしまう。

だから三樹さんとはもう会わない。彼を忘れるためには、それが一番いい方法なのだから……。

「こんなこと頼むのはこれが最後にするから。ねえ、お願い！」

「しょうがないわねぇ。本当にこれっきりだからね」

「それと。コーヒー豆が届くって、お父さんが」

「はいはい。わかったから、早く行きなさい」

「お母さん、ありがとう」

しゃがんだまま頭を下げると裏口に急ぎ、足早に自宅へと向かう。玄関に入ると緊張していたのが解けたのか喉の渇きに気づき、キッチンで水をがぶ飲みすると近くにあった椅子に座りホッと息をついた。

三樹さんがわざわざ日曜日に店に来るなんて今までほとんどなかったし、彼は私が日曜日休みなのを知っている。だから店に来たのは私に会うのが目的じゃないかもしれないけれど、どんな理由であってもやっぱり顔は合わせられない。

会いたいと、どれだけ思っていても……。

「三樹さんにはもう会わないって、自分で決めたんだから」

いつものコーヒー豆を買いに来ただけなら、滞在時間は十分程度。三樹さんが帰れば母から連絡が来るとは思うけれど、自分から隠れたくせに気になって仕方がない。

何度も時計を確認しては、店の駐車場が見える窓まで行きこっそり外を覗いてみる。

そんなことを何回か繰り返していたとき、ダイニングテーブルの上にあるスマホがブーブーと震え出した。

【副島さん、帰ったわよ。なにも聞かれなかったけど、穂花を探してる感じだったわね】

母からのメッセージに三樹さんの姿が脳裏に浮かんで、思わずため息が出る。

会いたくないのに、会いたい——。

ふたつの矛盾した思いに、胸がぎゅっと苦しくなる。

忘れることもできない、でも会いたくない。自分の気持ちなのに自分ではどうしようもなくて、その場にぺたりと座り込んだ。

なんとなく身体が重い。でも三樹さんが帰ったのなら店に行かなきゃと、テーブルの縁を掴んでなんとか立ち上がる。

「こんなこと、いつまでも続けるわけにはいかないよね……」

もうひとつため息をこぼし、トボトボと店に戻った。


「穂花。お昼ごはんに行ってきていいわよ」

午後一時を過ぎたころ。先に昼休憩に入っていた母が戻ってきて、レジに入るとすぐに仕事を始めた。

お腹、減ってないんだけど……。

でもそんなことを言えば心配性の母のことだから、『病み上がりなんだから仕事は休んでいい』と言いかねない。なにか少しでもお腹に入れようと、仕方なく裏口から店を出た。

「午前中は天気よかったのに、雲が多くなってきてる」

なんて空に気を取られていて、なにも気にせず外に出たのがいけなかった。

「穂花！」

突然耳をつんざくような大声で名前を呼ばれ辺りを見回すと、大きな足音と共に近づいてくる三樹さんが目に飛び込んできた。

「……三樹さん？」

すぐに逃げなきゃと思うのに、その意思とは反対に足はピクリとも動いてくれない。その間にも三樹さんは息を切らしながら駆け寄ってきて、勢いのまま私を抱きしめる。

「穂花。やっと会えた……」

これでもかというくらい強く抱きしめられて、息が苦しい。どうしてこんなことになっているのかわからないのに、三樹さんの背中に腕を回してしまいそうになる。

腕のぬくもりや力強さ、彼からふわりと漂う匂いに負けそう。でもそんなことをしたってまた辛くなるだけだと自分で自分にブレーキをかけ、三樹さんの身体を自分から引き離す。

「三樹さん、離してください」

「嫌だ、絶対に離さない。離すわけがないだろう！」

そう言って三樹さんは、離れた私の身体を一瞬で引き戻す。初めて見る三樹さんの激しい物言いに、身体がビクッと大きく跳ねる。

私を抱きしめる腕はやっぱり優しい。だから怒っているわけではないとわかるけれど、どこか悲しそうなのが気にかかる。

「三樹さん……」

そのあとなにをしても言っても離してはもらえず、このままでは無駄に時間が過ぎてしまうと不本意ながら彼の腕の中におとなしく収まることにした。

「どうしてこんなことになったのか、穂花が俺に会おうとしないのか、まったく見当がつかない。お願いだ、話をさせてほしい」

「それは……」

「今日は、話ができるまで離さない。ずっとこのままでいいというのなら、離さないまでだ」

そう言って三樹さんは、私を抱きしめる腕の力を増していく。

「〝さようなら〟の、メッセージの意味を教えてくれないか?」

苦しげにそう言う三樹さんに、嫌だというように首を横に振る。

どうして? 三樹さんは私より、結婚するかもしれない女性のほうが大切なんでしょ? それなのに俺に会おうとしないとか見当がつかないとか、意味を教えてほしいのは私のほうだ。

私がどんな思いで〝さようなら〟とメッセージを告げたのか、三樹さんは全然わかってない。アメリカから戻ってきたら一番に会いに来てくれると思っていたのに、三樹さんのことを信じていたのに……。

「今更、あの言葉の意味を知ってどうするんですか……あぁ……」

突然ふわっと眩暈《めまい》がして、胃の辺りがムカムカし始める。

「どうした？　穂花？」

私の異常を察知した三樹さんは、私から身体を少し離す。気持ち悪さに耐えかねて思わずその場にうずくまると、三樹さんが私の背中に手を当てた。

「穂花、どうした？」

「な、なんか気分が悪くて……」

吐き気が少しずつ強くなっていき、冷や汗が出始めると声を出すのも辛くなってくる。

「穂花、大丈夫か？」

「み、三樹さん……」

なけなしの力を振り絞って彼を見上げ、助けを乞うように右手を上げる。その手をすぐさま、三樹さんが握ってくれた。

「穂花――」

でも三樹さんが私の名前を呼んでくれたのを最後に、ふわっと意識を手放した。

「とにかく、特に問題がないみたいでよかったよ」

「暁斗《あきと》ありがとう、本当に助かった。あとは穂花が目を覚ますのを待つだけだ」

三樹さんが誰かと話している声が聞こえて、ゆっくりと目を開ける。見慣れない天井をぼんやりと見ていると、自分の右手が大きくて温かい手に包まれていることに気づいて視線を下ろした。

そのときわずかに右手が動いてしまい、それに気づいた三樹さんが腰かけていた椅子から慌ただしく立ち上がる。

「穂花！」

三樹さんは大きな声を出すと、無遠慮に顔を近づける。驚いて呆然としている私の右頬に手を当て、何度も「よかった」と呟くと彼はゆっくりと離れた。

「もしもこのまま目を覚まさなかったらどうしようかと、心配で仕方なかった」

「三樹は大げさだな」

「うるさい。俺はそれほど、穂花が大切なんだ」

そう言って三樹さんは、私の頬に自分の頬をすり寄せる。なにかとてつもないことを言われているのはわかっていても、まだ完全に覚醒しきれていない頭ではそれをうまく理解できない。

それよりも――。

「ここはどこですか？」

「冷泉《れいぜい》総合病院だよ。急に気分が悪いって、うずくまったのを覚えてない？」

「気分が……あっ」

そうだった。お昼休みの休憩を取ろうと裏口から外に出たところを三樹さんに見つかって捕まり、〝さようなら〟の意味を問われていたときに急に吐き気に襲われて……。

そこまでのことは思い出したけれど、それ以後のことはよく覚えていない。最後に三樹さんが、私の名前を呼んだような……そんなおぼろげな記憶だけが残っている。

「思い出した？　穂花の意識が突然に途切れたときは血の気が引いた。すぐ暁斗に連絡して俺がここに運んだが、君のご両親には連絡してあるから安心して。仕事のめどがついたら、こっちに来てもらうことになっている」

「そうだったんですね。いろいろとご迷惑をおかけしてすみません。えっと、暁斗さん……？」

三樹さんがそう呼んでいたから間違ってはいないと思うけれど、他人がいきなり名前を呼ぶのはどうかとそれ以上言葉が続かない。ベッドの上から、ふたりの顔を交互に見る。

「ごめん、紹介がまだだったね。暁斗は俺の親友で、冷泉総合病院で働く優秀な外科医なんだ。今回は暁斗が、いろいろと手回ししてくれた」

そう紹介されると、暁斗先生はベッドサイドに近づく。寝たままでは失礼だと身体を起こそうとして、三樹さんが私の背中にさっと手を差し伸べ支えてくれる。

「穂花さん、初めまして。優秀かどうかわかりませんが外科医をしています、冷泉暁斗です。僕は君の主治医ではないので細かい話はあとでになりますが、気を失ったのは貧血が原因だと思われます。それ以外は初期検査の結果としては問題なかったので安心してください。でも貧血が心配だからね、今晩は様子を見るために一泊してもらうよ」

「はい、わかりました。ありがとうございます」

「でも驚いた。三樹に、こんなかわいい彼女がいたとはね」

「いえ、私は彼女じゃ――」

ないんです……。そう言おうとした口を、三樹さんの大きな手がガバッと覆う。結構強めに押さえられて、なにも言えないまま目だけ動かして三樹さんを見ると、彼はスンとすまし顔をしているから唖然としてしまう。

「なんだよ三樹。穂花さんは、おまえのなに？」

「彼女で間違いない。俺は穂花しか好きじゃないし、穂花だけを愛している。だけど、なんだ……あぁ～、とにかく穂花と話をさせてくれ。頼む」

そう頭を下げる三樹さんに、暁斗先生は苦笑を漏らし後頭部を掻いてみせた。

「頼むって俺に言われてもなぁ。まあ医者としては穂花さんの身体のことを考える立場だからイエスとは言えないが、穂花さんがどうしてもって言うなら考えないこともない」

暁斗先生はそう言うと、私のことをチラッと見る。その目はどこか楽しげに光って見えた。もちろん突然話を振られて、戸惑いは隠せない。

でもここは病院の個室で、避けることはおろか逃げも隠れもできない。嫌だと言ったところで許してもらえるとは到底思えないし、これ以上話を先延ばしにすることは難しそう。

とそのときふと、ある言葉を思い出す。

――副島さんとちゃんと向き合って、話をしたらどうなの？

母と真琴にそう言われたときは、そんなことをしても無駄、向き合って話をしたって結果は同じことだと思っていたけど。もうこうなったら〝当たって砕けろ〟じゃないけれど、今思っていることを全部ぶちまけてスッキリしたほうがいいのかもしれない。

「わかりました。暁斗先生。少しの間、三樹さんとふたりにしてもらえませんか？」

これが最後のけじめだと言わんばかりに、真剣な眼差しを暁斗先生に向けた。

「わかった。じゃあ一時間だけあげるから、ふたりでしっかり話をして。でも少しでも体調が悪くなったら、そこでおしまいだ。いいね？」

「はい。お約束します」

「三樹も？」

「ああ、約束する」

私と三樹さんの返事を聞いて、暁斗先生は満足そうに微笑んだ。その微笑の意味はわからないけれど、なぜか心が温かくなる。どんな結果になっても最後は笑っていられるように、ちゃんと話をしようと心に決める。

「よし。じゃあ邪魔者はさっさと退散するから、ごゆっくり」

「ごゆっくりって、おまえ……」

いい加減にしろと、三樹さんが困ったような表情を浮かべた。

ごゆっくりする暇なんて、ないと思うけど……。

でも気づけば幾分気持ちが軽くなっていて、これってもしかして暁斗先生の〝ごゆっくり〟がもたらした効果？　なんて思ってしまう。

暁斗先生が出ていくと、病室内の雰囲気は途端に一転。どちらも口を開かず静けさに襲われて、息苦しくなってくる。ふたりでしっかり話をと言われ、当たって砕けろの精神でなんて思っていたのに、なにから話せばいいのか思案に暮れる。

三樹さんも同じ気持ちなのか、それとも私と話なんてしたくないのだろうか。

でもちょっと待って。暁斗先生に話を振られて忘れていたけど、三樹さんさっき確か……。

彼女で間違いない。俺は穂花しか好きじゃないし、穂花だけを愛している――。

私の聞き間違いじゃなかったら、そう言ったような。

なんで？　どうして？　三樹さんはお嫁さん候補の女性のほうが大切なんじゃないの？　それなのに暁斗先生がいるからといって、そんな大嘘をつくなんてそれはさすがにひどすぎる。

頭の中はそんな言葉で埋め尽くされて、悲しいより怒りにも似た気持ちがこみ上げてくる。

「三樹さんの嘘つき……」

「え？」

「私のことなんて好きじゃないのに、愛しているのは他の女性なのに、暁斗先生の前でよくあんな白々しいことが言えますよね」

綺麗な女性と並んで歩く姿を目撃してからずっと思っていて、でも言えなかった言葉を三樹さんにぶつける。言えばスッキリすると思っていたのに、胸がすくどころか重くなるばかりで、持っていき場のない気持ちが涙となってこぼれ落ちた。

「穂花がどうしてそう思うのか、情けないけれど本当にわからないんだ。さっきも言った通り、俺は穂花しか好きじゃないし君だけを愛している。それだけは誓って言える、穂花を想う気持ちは一度だって変わっていない」

「じゃあなんで、アメリカ出張から一日早く帰ってきたんですか？」

「なんで穂花がそのことを……」

驚く三樹さんの顔を見て、やっぱりあのとき見た三樹さんは本物だったと確信する。嘘であってほしい――そんな、わずかに残っていた望みまで踏みにじられてしまった。

「真琴と出かけたあの日、三樹さんが綺麗な女性と腕を組んで歩いているのを偶然見ちゃったんです。そのあと女性は三樹さんに近づいて、三樹さんもその女性の背中に手を回して……」

その情景が脳裏によみがえり、涙が止まらなくなって言葉に詰まる。

もうこれで完全におしまい、三樹さんとはお別れ。最後は笑顔でなんて思っていたけど、この調子じゃ絶対に無理で、だったら顔を隠してしまえと病院の薄い掛け布団を引っ張り上げる。でも三樹さんはそれをすぐにはぎ取り、ベッドの上で呆然とする私の身体を両手でしっかりと抱きしめた。大好きな彼の香りに包まれているというのに胸が苦しい。

「穂花、ごめん。あぁ、なんだ、そういうことか。あの近くに穂花がいて、まさかあいつと一緒のところを見られていたとは……」

でも三樹さんの反応は私が思っていたものとはずいぶん違い、少しも悪びれる様子もなく、なにかに安堵したのかさっきまでの神妙な態度を一転させた。

〝あいつ〟なんて言って、まるでつきものが落ちたような明るく穏やかな声に面食らっていると、身体を離した三樹さんは私に向かって優しく微笑んだ。久しぶりに見る三樹さんの笑顔に、こんなときだというのに心を奪われる。

「穂花がひとりで抱えていたことの意味がわかって、正直ホッとした。すぐに全部説明するから、少しだけここで待っていて。あ、そこのお茶、喉が渇いたら飲んでいいよ」

三樹さんは私の返事も待たずに、スマホを持って病室から足早に出ていく。なにが起こっているのかわからない私は、ゆっくりと閉まっていくドアをただ黙って見つめていた。

全部説明するって、どういうこと？　優しく微笑んだりホッとしたと言ったり、三樹さんの言動は理解不能なことばかりで、私の頭ではついていけない。

「ここで待っていれば、なにかが変わるの？」

三樹さんの言葉の全部を信用したわけじゃないけれど、点滴の針が腕に刺さったままではこの場から動くわけにはいかない。

足元にあるオーバーテーブルに手を伸ばし、ペットボトルのお茶を取る。少し飲んで喉を潤していると、ビニール袋を抱えて三樹さんが戻ってきた。

「穂花、お腹空いてない？　暁斗が軽いものなら食べていいって言ってたから、ゼリーとかヨーグルトなら食べられるんじゃないかと思って買ってきたんだけど。食欲ない？」

そう言いながらオーバーテーブルの上に並べられたのは、十個以上もあるデザートと菓子パン。

病室内には私と三樹さんのふたりしかいないのに、この量はさすがに食べきれない。どうするのとそれらを凝視していると、その中のひとつ、フルーツがいっぱい入ったヨーグルトをヒョイと掴み取ってパイプ椅子に座り蓋を開けた。

「はい穂花、あ～んして」

ヨーグルトとフルーツをたっぷり掬《すく》ったスプーンを口の前に差し出され、思わず条件反射であ～んと口を開きかけて、これってどうなのとすぐに口を閉じる。

「自分で食べますから、スプーン貸してください」

「ダメだ。少なくともひと口は食べてもらわなきゃ、この手はひっこめられない」

「勝手なことばかり言って……。そんなことより全部説明するとか、どういうことなんです？」

女性と一緒にいたことを認めたというのに、今更なにを言い訳するつもりなのか。それこそわけがわからなくて、三樹さんの浮かれているような態度に呆れてため息ばかり漏れてしまう。

「そうか、そうだよね。先に話したほうがいいか……」

三樹さんは持っていたヨーグルトとスプーンをオーバーテーブルの上に戻すと、空いた両手で私の手をしっかりと握りしめる。突然のことに目をぱちくりさせている私に、真っすぐな目を向けた。

「穂花に会わせたい女性がいる。さっきその人に連絡をしたら偶然ここの近くにいてね、すぐに来てくれることになった」

「女性……」

その言葉に身体が強張る。

まさか三樹さんと腕を組んでいた、あの女性がここに来るというの？

いや、さすがに違う？　でも今のこの状況でここへ呼ぶ女性といえば、お嫁さん候補である彼女しか考えられない。三樹さんがなにを考えているのか、本当にわからなくなってしまった。

「会いたくないです。もう会う必要ないですよね？　私と三樹さんの関係は、もう終わったんですから」

「終わっていない！　終わらせてたまるか！　さっきから何度も言ってるだろう、俺は穂花しか好きじゃないし、穂花だけを愛してるって。どうして信じてくれないんだ！」

いつも優しく丁寧に話す三樹さんが、感情をむき出しに声を荒らげる姿に驚く。でもだからって、私の中の記憶は消えてくれない。

「私は、この目で見たんです。三樹さんと女性の仲睦まじく歩く姿を――」

そう言い終えようとしたとき、病室の横開きのドアが開く。誰がきたのかと顔を向けると、あのときの女性が中に入ってきて言葉を失う。絶望的な状況に、思わずごくりと息を呑んだ。

そうじゃないかとは思っていたけれど、まさか本当にあのときの女性を呼んでいたとは……。

「あは……あはは……」

なぜだか急に可笑しくなって、笑いがこみ上げる。でもそれも次第に鼻声になって、「うぅ……」っと嗚咽に変わった。

「な、なに!? お兄ちゃん、なんで彼女を泣かしてるの。もういい歳なんだから、しっかりしなさいよ！」

病室に入ってきた女性は三樹さんに近づくと、遠慮なくその背中を力いっぱい叩く。

「イって……」と前のめりにベッドの上にボフッと倒れた三樹さんは、怒るどころか楽しそうに笑っている。

これは一体、どういうことなんだろうか。

「俺のどこが、しっかりしてないと言いたいんだ。バカも休み休み言え」

「バカっていう人がバカなんですぅ。この人がお兄ちゃんだなんて、ホント情けなくなるよ」

「はあ!? 千景《ちかげ》おまえ、それが兄貴に向かって言うことか？ 妹なら妹らしく、もっとかわいくできないのか！」

突然目の前で繰り広げられたこのなんともいえない状況に、口を半開きにしてポカンとするしかない。いきなり始まった喧嘩《けんか》に、面食らってしまった。

え、ちょっと待って。お兄ちゃん？ 兄貴？ 妹？ これって、もしかして……。

「あ、あの、すみません……」

ふたりの勢いにハラハラしながらも、恐る恐る声をかける。私の声に気づいた女性は表情をパッとにこやかに変えると、三樹さんの身体を押し退けて一歩前に出た。

「穂花さん、初めまして」

「え？ は、はい……」

右手をぎゅうぎゅうと思いっきり握られて、思わず苦笑い。よく見れば、目元が三樹さんに似ているかも……。

「穂花、こいつは俺の妹の千景。もうわかってもらえたとは思うけど、俺があの日一緒にいたのは千景で穂花が思っている女性じゃない。でもそう勘違いさせたのは俺の不徳の致すところで、弁明の余地もない。本当に悪かった、ごめん」

千景さんの少し後ろで深々と頭を下げる三樹さんを見て、あたふたと困り果ててしまう。

そういえば、三樹さんの家族構成とか、一度も聞いたことなかった。

妹がいるなんて知らなかったとはいえ、お嫁さん候補だと勝手に決めつけて壮大なる勘違いをしたのは私のほうで、三樹さんが謝るようなことじゃない。

真摯で真面目な三樹さんらしいけれど、そこまで頭を下げられてはこっちのほうが恐縮してしまう。

「三樹さん、そんなことされると困ります、頭を上げてください。それに、謝るのは私のほうです」

だって、いくら勘違いをしたからといって私が取った行動は万死に値する。

何度もメッセージをくれたのに、いつも未読のまま。ひとりでうじうじと悩み、話をするために会いに来てくれた三樹さんをそのたびに追い返す。

普通そんなことをされたら、わけがわからないと怒って嫌いになられても仕方ないのに、三樹さんはずっと私のことを想ってくれていた。怒りをあらわにすることも嫌うこともしないで、ずっと……。

それなのに私ったら……。

「穂花、大丈夫？」

三樹さんの優しい声に顔を上げると、いつの間にか立ち位置が変わっていて。腕を引かれ彼の胸に抱きしめられると、堪えきれない後悔の涙が溢れ出た。

私はやっぱり三樹さんが好き。

あの日三樹さんと一緒にいたのが千景さんだとわかってからこんなこと、虫のいい話だと自分でもどうかと思う。でもそれ以上に彼を想う気持ちは、深く、重く、熱い。

三樹さんには私なんかより上品で美しい分相応な女性がお似合いだと、一度は自分から身を引こうと思った。会わなければ忘れられる……そう思っていたけれど、蓋を開けてみれば忘れられるどころか、以前にもまして三樹さんのことが忘れられなくなっていた。

こんなことならもっと早く、三樹さんに会って話をすればよかった……。

何度してももし足りない後悔を繰り返し、もう絶対離さないと自ら彼の大きな背中に手を回し入れそっと抱きしめる。もう二度と触れられないと思っていただけに、手から伝わる彼の身体の熱さは私に安心感をもたらしてくれた。

「三樹さん、ごめんなさい……」

許してくれるとわかっていて謝るなんて調子のいいやつだと思われるかもしれないけれど、今はその言葉しか思いつかない。

「穂花が謝る必要はないよ。今回のことは、全部俺が悪い」

「そうよ、穂花さんが気に病むことなんてひとつもないわ。全部、お兄ちゃんが悪い」

三樹さんの後ろから千景さんが、ひょっこり顔を出す。

「久しぶりにお兄ちゃんのほうから電話がかかってきたと思ったら、『おまえのせいで穂花が勘違いをしている。すぐにこっちに来て弁明しろ』って、それはもうすごい剣幕で言うんだもの驚いたわ」

そうだったんだ。三樹さんが負の感情をあらわにすることは珍しい。でもそれも私のためだと思うと、不謹慎かもしれないけれどちょっと嬉しい。

「千景、うるさい」

本当のことを言われて、三樹さんはバツが悪そうに表情を歪《ゆが》める。

「もとはといえばお兄ちゃんが出張から一日早く戻ってきたのを、穂花さんをビックリさせようと内緒にしていたのがいけなかったのよ。でも結果的には私もいけなかったのよね、ごめんなさい」

結局ふたりに謝られてしまい、慌てて三樹さんから離れるとベッドの上で正座をして頭を下げた。

「私のほうこそ、ごめんなさい」

「穂花、なにしてるの。頭なんて下げる必要ないって――」

「そうよ。穂花さん、顔を上げて」

「でも、それじゃあ私の気がすみません。悪いことをしたら謝る、当たり前のことです」

「悪いこと？　穂花はなにも悪いことなんてしていない。もし仮にそうだとしても、穂花が頭を下げるとかそんな姿を俺は見たくない」

「だったら、お兄ちゃんがずっと下げていればいいわ」

「千景は口を挟むな」

しばらくそんな押し問答が続く。でもそのうちなにをしているのかわからなくなって、きょろきょろと顔を見合わせると誰からともなく笑い始めた。

「なにやってるんだ、俺たちは。そのうち看護師長に怒られるぞ」

「ええ、それはマズいわね。じゃあ私はそろそろ帰らせてもらうことにして。穂花さん」

いく。

「は、はい？」

「こんなお兄ちゃんですが、末永くよろしくお願いします」

最後にもう一度頭を下げると、千景さんは舌をペロッと出してひとり病室から出ていく。

末永く……って、どういうこと？

上目遣いに三樹さんを見上げれば、満面の笑みを湛《たた》えている。まるで太陽のような笑顔を向けられて、なぜか急に恥ずかしくなって目を逸らした。

それなりに広さはあるけれど病室にふたりきり。いや、暁斗先生がここから出ていって千景さんが来るまでもふたりきりだったけれど、まだ数十分前のこととはいえそのときとは状況が違う。

急に心臓がドキドキし始め、でもそれがバレないようにわざと平然を装う。

それにしても、あのとき三樹さんと一緒にいたのが妹さんだったなんて……。

もっと近くで見たら顔が似ていることに気づいて、お嫁さん候補だとは思わなかったかもしれない。

兄弟がいない私にはよくわからないけれど、妹がお兄さんにあんなふうにべったりするなんて余程仲がいい証拠なのだろう。

「そういえば。さっき千景さんが言っていた、私をビックリさせるために一日早く帰ってきたって……」

「ああ、千景の言う通りだよ」

パイプ椅子を引き寄せて腰を下ろした三樹さんは私の頬に手を添えると、キュッと顔の向きを変え自分の真正面に向けてしまう。当然目が合い、熱い目で見つめられて逸らせなくなった。

「長い出張で穂花に会えない間、メッセージのやり取りをしているうちに会いたさが募ってしまってね。帰国予定を一日早めて驚かそうと画策した。穂花が喜ぶと思ってね」

「それはきっと喜んだと思います。私も少しでも早く三樹さんに会いたくて、当初の帰国予定の日はなにを言われても空港まで迎えに行こうと思ってたくらいですし」

だからその前日に三樹さんを見かけショックで、なにも考えられなくなってしまった。大好きだけどこれ以上は三樹さんのそばにはいられない、私には分不相応だと心を閉ざしてしまった。

でもそれは全部私の勘違い。三樹さんはずっと私だけを愛してくれているとわかったのに、どうしてか胸が苦しくて泣きそうになる。

「穂花、そんな悲しそうな顔をしないで。ほら、俺はここにいる。もうどこにもいかない、ずっと穂花のそばにいる。穂花ひとりだけを愛し続けると誓う」

「それって……」

スッと私の左手を取った三樹さんは、それを顔の前まで持っていき薬指にキスを落とす。

「本当はあの日までアメリカにいると思わせておいて、日本に帰ると伝えていた月曜日の朝一に穂花の前に颯爽《さっそう》と姿を現してこうするつもりだったけど」

「ドラマでよくあるシーンみたいに？」

「そう、そんな感じに。恥ずかしい話だけどね」

それなのに私は勝手に勘違いをしてしまった。

「三樹さん、ごめんなさい。知らなかったとはいえ、二度も追い返したりひどいことをして」

「それは仕方ない。俺だって穂花が知らない男と見合いをしているのを目撃したときは、居ても立ってもいられなくなってしまったからね。それに俺もどうしても穂花と話がしたくて、待ち伏せなんてストーカーみたいなことをしてしまったからお互い様だ。だから穂花はなにも気にする必要はない。いつものかわいい笑顔を見せてほしい」

三樹さんのこの上ない優しさに、胸が熱くなる。彼の要望に応えるようににっこり笑ってみるが、私はうまく笑えているだろうか。

「うん、それでいい。やっぱり穂花は笑顔が一番似合うよ」

「そ、そうでしょうか……」

素直にありがとうと言えばいいのに……。

でもこうもまじまじと見つめられて言われると、こっぱずかしいを通り越してムチャクチャ恥ずかしくてたまらない。

「もう、そんなに見ないでください」

プイとそっぽを向くと、その顔を瞬時に戻される。

「なんで？　穂花は俺のものでしょ？　いつ見ても、いつキスしても、いつ抱いて……は自重しないといけないな」

最後だけ、まるで自分に言い聞かせるような言い方が少し気になる。もちろん〝いつ抱く〟のは慎んでほしいけれど、スキンシップは必要不可欠で……。

もう私ったら、なにを考えているの!?　ひとり妄想の世界に浸ってしまった。

「ねえ穂花。顔が赤いけど大丈夫？　どこか辛いところはない？」

三樹さんにそう言われて、両手で顔を覆い隠す。ひとりで変なことを考えて顔を赤くしているなんて、破廉恥極まりない。

でも三樹さんはそんなことを知るはずもなく、どこかが悪いと思っているみたいで。急に倒れて病院に運ばれたという状況が状況だから、心配しているのだと思うけれど……。

「三樹さん、私は大丈夫ですよ。暁斗先生は今晩はここで一泊なんて言ってましたけど、もういつでも帰れるくらい元気ですから」

「もう気分は悪くない？」

「はい」

「今日より前にも、こんなことはあった？　眩暈以外の症状とか、食欲がないとか？」

どうしたというのだろう。

三樹さんがまるでお医者さんのように聞いてくるから、なにかあったのかと勘ぐってしまう。

「眩暈は最近では初めてですけど、確かにこのところ食欲は減ってるような……。この前は熱も出ましたし、少し疲れが溜まっているのかもしれません。でも今はもうなんともないですし、そんなに心配はいらないかと……」

自分の身体は自分が一番よくわかっている。大丈夫だと安心してもらいたくて言ったのに、心配性の三樹さんはどこか納得していないようだ。

「私のことで暁斗先生から、なにか聞いてるんですか？」

初期検査は問題なかったと暁斗先生は言っていたけどそれは嘘で、私には伝えられないようななにかが検査で見つかって、ショックを受けないように秘密にしているのかも……。

なんて、考えすぎだよね。

「三樹さん、私なら本当に大丈夫ですよ。心配し過ぎです」

「うん、それはわかったけど。担当の先生からちゃんと話を聞くまでは落ち着かない」

「そうですね。でも三樹さんが一緒なら心強いです」

なんて強がってみせてもやっぱり結果が気になって。小刻みに震える手を、三樹さんがそっと包み込んでくれた。

コンコン——。

病室のドアをノックする音が聞こえて、ふたり同時に振り返る。

「失礼します。お待たせしてすみません。検査結果が出ましたよ」

そう言って病室に入ってきたのは、少しふくよかで優しそうな女性の先生。

「逢沢さん、初めまして。担当医の宮野《みやの》です。今から大切なお話をしますが、こちらはご家族の方ですか？」

そう言って宮野先生は、三樹さんを見る。

その瞬間、当たり前のように口が動き出す。

「はい。家族同然の人なので、話していただいて構いません」

いいですよね？と三樹さんに目で合図を送ると、もちろんだと言わんばかりに優しい笑顔で頷いてくれた。

「そうですか。ではお話ししますね。検査の結果ですが、おめでとうございます。妊娠していますよ。最後に生理が来たのは、いつか覚えていますか？」

「え？　は、はい、確か……」

思いもよらない結果に動揺しながらも、先生に聞かれたことに答える。

わ、私が妊娠？　嘘でしょ。お腹の中に、三樹さんとの赤ちゃんが……。

「今の話を聞く限り、妊娠九週目に入ったところだと思われます。眩暈がして倒れたのも、妊娠からくる貧血が原因でしょう。詳しいことは予約を入れておきますから、後日産婦人科を受診してくださいね」

それだけ言うと、宮野先生は病室を出ていった。

「私のお腹に赤ちゃんがいる。妊娠九週に入ったところ……」

思ってもみなかったことが起きて、思わずフリーズしてしまう。ときが止まってしまったかのようになにも聞こえなくなって、ただおぼろげに三樹さんを見つめた。三樹さんも驚いているようで、大きく目を見開いたままだ。

そういえば。年末年始の忙しさですっかり忘れていたけれど、毎月正確な周期で来ていた生理が一か月過ぎてもない。匂いに敏感だったり食欲がなかったりしたのも、妊娠しているのなら頷けるけれど……。

でもまさか、本当に私が妊娠？

にわかに信じることができなくて目を伏せると、手だけじゃなく身体まで小刻みに震え出す。

「穂花」

三樹さんは優しい声で名前を呼び、私を腕の中に閉じ込める。身体を労《いた》わるように柔らかく抱きしめられて、大切にされているのだと実感する。

「妊娠しているって、全然気づかなかった？」

「……はい。だって妊娠なんて初めてで……」

「そりゃそうだよね。穂花ごめん、順番が逆になってしまって」

順番？　なんのことかわからず腕の中で顔を上げ小首を傾げると、三樹さんは自嘲気味の笑みを浮かべ私の頭を撫でた。

「本来なら結婚してから子どもを授かるっていうのが普通だろう。それなのにこんなことになってしまって。体調が悪かったのにも気づけず貧血で倒れさせてしまったし、穂花にも穂花のご両親にも本当に申し訳ないことをした」

「三樹さん……」

「穂花。今ここで、前から決意していたことを言わせてほしい」

ベッドに近づき片膝をついた三樹さんが、私の手を握りしめる。もしかしたらと、よい予感しかしない。胸が痛いほどざわつき始めた。

「逢沢穂花さん、俺と結婚してください。穂花のこともお腹の子も、命を懸《か》けて俺が一生守ると心に誓う」

真剣な眼差しが私を見つめている。その瞳には一点の曇りもなくて、彼の真実の言葉なのだと涙が溢れてくる。

「嬉しい。私も三樹さんと一緒にいたいです。でも……」

「まだ俺の結婚話のことを気にしてる？　穂花の気持ちはわかるよ。その件に関しては父親とも腹を割って話をしようと試みてはいるのだが、一向に相手にはしてもらえなくてね。相手方には誠心誠意気持ちを伝えて丁寧にお断りをしているけれど、まだ返事がきていない。けど穂花が心配することはなにもないから、俺のことを信じてほしい」

「そんなこと……」

顔を寄せられ至近距離で目が合うと、ドキドキして言葉が続かなくなる。瞬《まばた》きをすると目尻から涙が溢れ、それを三樹さんの優しい指が拭ってくれた。

三樹さんの気持ちがわからなくなって一度は信じることができなくなったけれど、あの日の事情がわかった今、三樹さんを疑うことはなにひとつない。

今回のような過ちは二度としない。この先どんなことがあろうとも彼を信じていく

――そう思っているけれど……。

「三樹さんのことは誰よりも信じています。結婚しようと言ってくれたのも飛び上がるほど嬉しかったです。でも、本当に私でいいんですか？」

「それはどういう意味？」

三樹さんは眉根を寄せて怪訝そうな顔を見せる。いや、どちらかといったら怒っているといったほうがいいかもしれない。

「三樹さんはいずれは副島製薬を背負って立つ人。お義父《とう》様にも反対されているのに、ただ好きだという気持ちだけで分不相応な私がそばにいてもいいのかなって。三樹さんには私はふさわしくないんじゃ――」

「バカなことを言わないでくれ！」

突然の怒号と共に塞がれた唇。

「んっ……」

それはすぐに深さを増し、息継ぎのためにほんのわずかに唇を開くとすぐさま舌をねじ込まれて息苦しくなる。

「んんっ……んんっ……」

もうこれ以上は無理。酸素が足りないのか頭がボーッとし始めて、声にならない声で叫びながら彼の胸を何度も叩く。

ようやくそれに気づき、唇を離した三樹さんも息が上がっている。それでもまた顔を近づけようとする彼の胸をグッと追いやった。

「み、三樹さん、ここ……病室です」

私もまた息が戻らず、言葉が途切れ途切れになってしまった。

「穂花、ごめん」

我に返った三樹さんは肩を落として謝ると、もう一度私をそっと抱きしめた。いつになく熱い体温を感じて、とろけてしまいそうだ。

「でもわかってほしい。俺は君のことになると気持ちが抑えられなくなって、どうにもおかしくなってしまう。だからもう二度と、自分はふさわしくないとか言わないでほしい。誰がなんと言おうと、俺の隣には穂花じゃないとダメなんだ」

「三樹さん……」

私はなんてバカなことを言ってしまったんだろう。三樹さんはこんなにも私のことを想ってくれているというのに、自分に自信がないばかりに彼を傷つけてしまった。

私も三樹さんのことが誰よりも大切で愛しているのに……。

どうすればこの気持ちを三樹さんに伝えられる？　ううん、今すぐ素直な想いを伝えたい。

そう思うと気持ちよりも先に身体が勝手に動き出す。三樹さんの背中に回していた腕を外し彼の胸元をぎゅっと掴むと、身体を引き寄せて自分から唇を重ねる。

「三樹さん、大好き。私も誰になんと言われても、三樹さんの隣にいたい。どんなことがあっても、もう絶対に離れたりしません。三樹さん、本当に好き、大好き。愛してる――」

気持ちが溢れ出して止まらない。持てるだけの言葉全部で想いを伝えると、堪らずもう一度チュッと音を立ててキスをした。

「穂花、ありがとう。まさか穂花から熱い告白をもらえるなんて。こんなに幸せで満ち足りた気持ちになったのは生まれて初めてかもしれない。でも、困ったことになった」

「え？　どうしたんですか？」

やっぱり私じゃ、三樹さんの隣は似合わない？　不安が押し寄せる。そんな私の耳元に、三樹さんが顔を寄せた。

「今すぐにでも穂花が欲しい。ここが病室じゃなかったら、穂花を心置きなく抱けるのに」

「えぇ⁉」

まるで予想外のことを甘く囁かれて、思わず素っ頓狂な声を上げてしまう。

抱けるのにって、三樹さんったら……。

でもその気持ちはわからなくもない。だって現に今私も、三樹さんに触れられたい
——そう思っているから。

あ、でもちょっと待って。

「三樹さん。妊娠中って、その……あの……」

そういうことって、してもいいの？　とは恥ずかしいから聞けなくて、しどろもどろになる。私の言わんとしたことを悟った三樹さんは小さな声で「あぁ」呟くと、そうだったというように後頭部をがりがりと掻いてみせる。

「仕方ない。ふたりの大切な子どもだからね。穂花を愛《め》でるのはしばらくお預けだね」

そう言っていた三樹さんだったけれど……。

担当医の産婦人科の先生が病室に来て開口一番『妊娠中のセックスはいつからならオッケーですか？』と聞いたのを見て、ベッドの上で恥ずかしさに顔を赤らめたのは言うまでもない。

結婚には障害がつきもので

「穂花さんとのこと、黙っていてすみませんでした」

三樹さんはそう言って、仕事を早く切り上げ病院に駆けつけてくれた私の両親に頭を下げた。もちろん私も一緒に。

母には話したけれど、なにも知らなかった父は寝耳に水といった感じでひどく驚いている。

「でもそうしてほしいと言ったのは私で、三樹さんはお父さんたちに話そうと言ってくれていて」

「いいや。たとえそうだったとしても、ちゃんと伝えるべきだった。それが穂花をここまで育ててきたご両親に対しての礼儀というものだ」

「そんな。三樹さんはなにも悪くない。秘密にしていたのは私のわがままで——」

「はいはい。ふたりとも、お惚気はそのくらいにして」

三樹さんと言い争っていると母が間に割って入ってきて、別に惚気ていたわけじゃないんだけどと、唇を尖らせた。

なんとなくバツが悪くて三樹さんを見ると、彼も同じような表情をしているから不謹慎にもふふっと笑ってしまう。

「穂花、なに笑ってるの。まったくこの子は、なにを考えているんだか。さっき先生から、貧血が原因だって聞いたわ。もう大丈夫なの？　それに、お腹に赤ちゃんがいるんだってね。ふたりとも、どうするつもり？」

「それは……」

数時間前に『三樹さんの隣にいたい。もう絶対に離れたりしない』と想いを伝えたばかりなのに、母に言われてなんて答えていいかわからず俯いた。

そんな私の肩に手が乗せられて顔を上げると、それだけで私の全部を包んでくれるような優しい微笑で三樹さんが私を見ていた。その笑顔は言葉がなくても私に『大丈夫だ』と伝わってきて、溢れんばかりの自信に満ちている。

「お義父さん、お義母《かあ》さん。穂花さんと結婚させてください。妊娠が先になってしまったことはなんの言い訳もできません。本当に申し訳ありませんでした。でもこれから先は、精一杯愛情を注いで穂花さんとお腹の子を大切にします」

「それは穂花を妊娠させたから、責任を取って結婚するっていうことかしら？」

「お母さん、三樹さんはそんな人じゃ――」

それでも母は三樹さんのことをわかってくれる、味方になってくれると思っていたのに……。悔し涙が目に浮かぶ。

「穂花」

三樹さんは首を横に振り、私の唇に人差し指を当てる。なにも言わせてもらえないのは不服だけど、ここはひとまず黙っていようと口を噤んだ。

「お義父さんとお義母さんの言いたいことはよくわかります。でも穂花さんと結婚したいとプロポーズを決意したのは、子どもができたからではありません。穂花さんのことが好きで誰よりも大切で、そばにいてほしい。そう思うようになってから、生涯を共にする人は穂花さんしかいないと思っていました」

両親の前だというのに、怯《ひる》むことなく堂々とした態度で私への想いを語る三樹さんに心を打たれる。この人と一緒になると思うと、幸せな未来しか想像できない。

「結婚というのは責任を持つということにも繋がると思います。私の持てる限りの愛情で、穂花さんとお腹の子を絶対に幸せにします。ですからどうか、結婚をお許しいただけないでしょうか」

さっきあんなひどいことを言ったくらいだから、すんなり許されるとは思えない。またなにか意地悪なことを言われないかと、息を凝らして両親の返事を待つ。

「でも副島さんには、決まった人がいるんじゃないんですか？」

「そ、それは……」

「お母さん！　そのことなんだけど――」

「冗談よ。副島さんの気持ちはよくわかりました。なんの問題もないみたいね。結婚を認めるわ。お父さんも、それでいいわよね？」

「ああ」

え、嘘でしょ!?　なんなのこれは？

肩透かしな反応に、私はもちろん三樹さんもキョトンと呆気に取られてしまう。聞き間違いじゃないかと首を傾げた私に、母がにっこりと笑いかけた。

「だから言ったでしょ。副島さんがそんないい加減なことをする人には思えないって。ちゃんと話をすればすぐに解決できたことなのに、穂花がモタモタしてるから」

「うん。反省してます」

よく〝母は偉大なり〟なんていうけれど、今日こそそれを実感したことはない。私のことだけじゃない、私の大切な人のことも心から信じてくれる最高の母親だ。

「副島製薬の跡取り息子なら、私たちには計り知れないご苦労があると思います。でも副島さん、これだけは約束してください。どんなことがあっても、穂花の笑顔だけは絶対に絶やさないと」

母は私が子どものときから、なにかにつけては『はい笑って』と言っていた。幼いころはその意味がわからないまま笑顔でいたけれど、大人になって大した意味がなかったことを知る。

親というものは、ただ無条件に子どもが喜ぶ顔が見たいだけ――だけどそれは、決して簡単なことではないということもわかった。

三樹さんも同じようなことを言っていた。『かわいい笑顔を見せて』とか『穂花は笑顔が一番似合うよ』なんて。私は彼の子どもではないけれど、三樹さんも母と同じような気持ちなのかもしれない。

「私も穂花さんの笑顔が好きです。彼女の笑顔は私の中にある志気を高めてくれるだけじゃなく、癒やしと喜びも与えてくれる。だから彼女の笑顔は絶やさないと、約束します」

「それを聞いて安心したわ。お父さんは、なにか三樹さんに言っておきたいことはない？」

「お、俺か？　俺はだな……」

母がなんの前触れもなくそんなことを聞くから、父は困ったと言わんばかりに頭をぼりぼりと掻いた。それでもなにか思いついたのか、「あ」と呟くとコホンと咳払いをしてみせる。

「これからは私たちの代わりに、穂花をうんとかわいがってあげてください。よろしくお願いします」

「はい、肝に銘じて。仕事よりなにより、穂花さんのことを一番に」

「それは困るな。仕事がなくなったら、穂花もお腹の子も路頭に迷ってしまう」

「お父さん、言葉の綾ですよ。そのくらい穂花のことを愛してくれている、そういうことよね？」

母はそう言って笑い、三樹さんに目配せする。

「はい。もちろんです。任せてください」

迷いのない三樹さんの言葉に、私の中にあったためらいも消える。三樹さんと一緒なら、どんなことも乗り越えていける。彼がそばにいてくれたら、それだけで幸せなのだ。

一度は自分勝手に終止符を打とうとした恋だったのに、再び一緒にいられることになっただけじゃなく子どもまで授かることになるなんて……。

もしかして私と三樹さんは、そうなる運命のもとに生まれてきたのかもしれない……なんて思わずにはいられない。

「三樹さんのご両親に話しに行くのは、これからよね？　穂花、大丈夫？」

「あ……」

今のこの時間が幸せすぎて、そのことを忘れていた。今はまだ第一関門を突破したに過ぎない。三樹さんはお義父様と腹を割って話をしたと言っていたけれど、本当のところはどうなのかお義父様に会ってみないことにはわからないのだ。

「三樹さん、私で本当に大丈夫でしょうか？」

「俺がいるんだから、心配いらないよ。穂花の体調がよくなったら、ふたりで挨拶に行こう」

三樹さんの力強い言葉に「はい」と返事をすると、彼は嬉しそうな顔を見せて私を抱きしめた。そっと頬の辺りに指を当てると、気づかぬうちに溢れていた涙を拭ってくれる。

「それじゃあ、お母さんたちはそろそろ帰るわね。副島さん、穂花のことよろしくお願いします」

「はい、お任せください」

両親が病室から出ていくと、三樹さんの大きな手が私の頬を包み込む。そしてゆっくりと顔を近づけると、お互いに引き寄せられるように唇を重ねた。
もう二度と離れないと誓うような、とびっきり熱いキスを……。

倒れた翌日に退院すると、見る見るうちに体調は回復。それまであった身体の不調は妊娠のせいだとわかったからか具合が悪くなることもなくなって、すこぶる元気に過ごしている。

そして今日、二週間経った週末の土曜日。三樹さんのご両親に会いに行くことになっている。

緊張して夜は寝つけず、やっと眠れたと思ったらすぐに目が覚める。そんなことを数回繰り返し、朝を迎えてしまった。

母が用意してくれた朝食も喉を通らない。それではいけないとなんとかヨーグルトだけ食べて支度を整えた。

三樹さんが迎えに来てくれるのは午前十一時。あと十分足らずで来てしまう。落ち着けと自分に言い聞かせれば言い聞かせるほど緊張感は高まり、どうにも落ち着かなくなってしまう。

「この服で大丈夫？　変なところはない？」

鏡の前に立ち全身をチェックする。派手すぎないナチュラルメイク、髪はシニヨンにまとめて綺麗めのビジューが付いたバレッタで留めた。

今日のために用意した服は、シンプルなAラインだがバックにレースでプリーツ加工を施している華やかな印象のベージュのアシンメトリーワンピース。大のお気に入りだし母も『穂花に似合ってる』と言ってくれるけれど、三樹さんのご両親はどう思うのか心配で仕方ない。

手土産には、父がアイザワ・ワイン&コーヒースクエアで人気のコーヒー豆をいくつかチョイスしてくれて挨拶用にと用意してくれた。こちらはなんの問題もなく持っていくことができるけれど、それでも不安は尽きない。

そんなことを考えている間にも約束の時間は迫り、コートを羽織りパンプスを履くと外に出た。まったく同じタイミングで三樹さんの車が自宅前の路地に入ってきて、緊張しながらも手を振ってみせた。

「お待たせ、穂花。うん、いつにも増して素敵だ。相手が家族でも、見せるのがもったいない」

「な、なに言ってるんですか。冗談にもほどがあります」

なんて言って頬を膨らましてみるが、内心は嬉しくて仕方ない。このワンピースを選んでよかったと、ほんの少し緊張がほぐれる。

それにしても、いつにも増して素敵なのは三樹さんのほうだ。ピシッとアイロンのかかった薄いブルーのシャツに、濃紺のスーツ。ネクタイは派手すぎない紺色で、細かいドット柄が落ち着いた雰囲気を醸し出している。

カッコいい……。

「さあ、乗って」

三樹さんは王子様さながらに私の手を取ると、助手席へと導いてくれる。車に乗るといつもの三樹さんの香りが鼻をかすめ、ふっと心が穏やかさを取り戻した。

三樹さんの香りは、どんなときでも私を安心させてくれるから好き。

「今日は母親が贔屓《ひいき》にしている中華料理の店で会うことになっているんだけど、中華は大丈夫？」

「はい、大丈夫です。お義母様がご贔屓にしているお店ですか。楽しみです」

三樹さんの手前、そうは言ったものの。中華料理は好物だが、如何《いかん》せん緊張から食欲が全然湧いてこない。しかし三樹さんのご両親を目の前にして食べないわけにもいかないし、かといって無理やり食べてみっともないところを見せるわけにもいかない。

どうしたらいいのか……。悩みの種が増えてしまった。

三十分ほどで約束の店に到着。駐車場に車を停めると、三樹さんは颯爽と助手席側に来てエスコートしてくれる。

「どうぞ」と手を差し伸べられて、なれない仕草に戸惑いながらもその手に自分の手を重ねる。ふわっと宙に舞うように車内から引き上げられて、まるでお姫様になったような気分に心が浮き立つ。

車から降りると、三樹さんは私の腕を自分の腕に絡める。前にもこんなことはあって初めてじゃないけれど、今日は別の意味で緊張してしまい歩き方がぎこちなくなってしまう。

「ははっ。おかしな歩き方をして、緊張してる？」

くるっと振り返った三樹さんの顔が眩《まぶ》しくて、このままでは心臓がもたないと視線を逸らした。

「だ、だって、三樹さんと腕を組むなんて、やっぱり恐れ多くて……」

「なに、それ？　穂花は俺の婚約者だよ。もっと自分に自信を持って俺に愛されているんだってね」

三樹さんはそう笑って言うけれど、そんなの無理。愛されているのは身に染みてわかるけれど、愛されているイコール自信とはそう簡単にはならないのだ。

店内に入ると、あちらこちらに置かれている高そうな中国製の大きな壺《つぼ》を見ながら廊下を進み階段を上がる。緊張はピークに達し結局おかしな歩き方のまま連れていかれたのは、中華料理店の二階にある個室。案内してくれた接客係の男性が豪華な模様が施されている扉の取っ手に手を掛けると、いざ出陣――という声がどこからともなく聞こえてきてごくりと大きく息を呑んだ。自分自身に『負けるな、頑張れ』とエールを送ると、扉がゆっくりと開く。

「失礼いたします」

三樹さんのあまり聞くことのない、低く落ち着いた声に合わせて私も深くお辞儀をする。

「入りなさい」

威厳のある重厚な声に、いやが上にも緊張は高まる。おずおずと顔を上げると、中華料理の店でよく見かける回転テーブルの奥に三樹さんのご両親と思《おぼ》しき男性と女性、そしてもうひとり……。

「穂花さん、お久しぶり」

「千景さん!?　どうして……」

勝手に三樹さんのご両親だけだと思っていたから、思わず驚いて声を上げてしまった。

「す、すみません」

慌てて、再度頭を下げる。すぐにふふふと品のいい笑い声が聞こえて、何ごとかと首を傾げた。

「穂花さん、顔を上げてください」

柔らかい絹糸のような声にゆっくりと顔を上げる。声がしたほうを見てみると、三樹さんのお義母様が優しい笑顔を湛えながら真っすぐ私を見ていてドキッと心臓が跳ねた。

その意味を測りかねて、隣にいる三樹さんを見上げた。三樹さんは私の背中を優しく撫でた。

「ふたりとも、いつまで立っている。早く座りなさい」

お義父様に促されて、恐縮しながら席に着く。お義父様もお義母様も怒っているようには見えない。どちらかといえば、歓迎されているような気がしないでもないけれど。

カチコチに固まっている私に、三樹さんが身体を寄せて近づく。

「大丈夫？　息してる？」

小声で耳元で囁かれ、至近距離にある三樹さんを見つめた。息してる？　なんて聞かれるとは思ってなくて、言葉のチョイスの可笑しさに頬が緩んだ。

「そう、その笑顔だよ。忘れないで」

回転テーブルの下に隠れている手を、三樹さんが包むように握ってくれる。大丈夫だという優しい気持ちが伝わってきて、心が温かくなる。

持ってきた紙袋から父が丁寧に包んでくれた手土産を取り、テーブルの上に差し出す。

「コーヒーはお飲みになりますか？　うちの店オリジナルのコーヒー豆なんです。お口に合うといいんですけど」

「ご両親は、コーヒーとワインのお店を経営されているんでしたね。穂花さんはそこで一緒に働いていると聞いていますが、結婚後はどうされるつもりですか？」

「父さん、その話はあとで――」

「三樹、おまえに聞いてるんじゃない。黙っていなさい」

粛々《しゅくしゅく》と諭すお義父様の言葉に、さすがの三樹さんも成す術《すべ》がないのか押し黙ってしまう。そんなことを聞かれるとは思っていなくてどうしようかと悩んだが、素直に思っていることを話すのが一番だろうと震える唇を開いた。

「続けたいと思っています。コーヒーやワインのことをもっと勉強したいですし、両親にはまだ話していませんが、いずれはあの店を継ぎたいと思っています」

このことは三樹さんにも話していない。だから今私の気持ちを聞いて三樹さんがどう思ったのか不安でしょうがない。

言わないほうがよかったのか、ここではひとまず『働きません』と言っておいたほうがよかったのか、後悔にも似た気持ちが押し寄せてくる。不安に手が震え、繋がれている三樹さんの手を強く握ってしまう。

「しかし、三樹の妻になるということは副島家に嫁ぐということになる。三樹にはいずれ副島製薬を継ぐという大役が待っている。その妻が旦那をないがしろにして外で仕事をしているなどと世間に知れたらどうなるか、君はわかっているのかな？」

「それは……」

三樹さんのお義父様の言うことは正しい。

副島製薬といえば国内最大手の製薬会社で、その名声は世界にまで広がっている。そこの頂点に君臨する人の妻が外で働いていたら、格好がつかないだけでなく三樹さんが世間の嘲笑を買うことになるかもしれない。

そんな思いを三樹さんにさせるわけにはいかない。でもアイザワ・ワイン&コーヒースクエアでやりたいことが、まだたくさん残っている。

どちらかだけを選ぶなんて私にはできない。それならどうしたらいいのか、おのずと答えは見えてくる。両方とも選ぶ、それだけのことだ。

「三樹さんをないがしろにするつもりは毛頭ありません。彼が仕事に邁進できるように身の回りのことや体調管理、彼の妻としての役割はおろそかにはしません。その上で、今の仕事はできる範囲で続けていきたいと思います」

もう一度三樹さんの手を握りしめると、彼もぎゅっと握り返してくれる。それでいいと言われているようで、私もまた彼の手を握り返した。

「三樹はどうなんだ。仕事を続けたいという穂花さんを妻にして、おまえと副島製薬になにかメリットはあるのか？」

メリット……。

やっぱりお義父様は、まだ政略結婚を目論んでいるのだろうか。

そのことについては三樹さんからちゃんと聞いていたのに、ここにきてまたしても、お嫁さん候補の存在に心を痛めることになるとは思わなかった。

さすがに辛くて俯くと、腕を引かれてハッと顔を上げた。

「穂花、なにも落ち込むことはない。ちゃんと前を向いていてほしい」

彼の力強い言葉に、自分の弱さを痛感する。ここに来たのは三樹さんとの結婚を認めてもらうためで、諦めに来たわけじゃない。

負けるな、頑張れ――。

まだ私は頑張れる。こんなところで落ち込んでいる場合じゃない。わかってもらえるまで粘り強く話をする。そんなことしか私にはできないけれど、それでいいんだと三樹さんが教えてくれた。

お義父様には絶対に、私の思いをわかってもらいたい。そしてお義父様にちゃんと理解してもらってから、結婚を祝福してもらいたい。

だからもう一回話を聞いてもらおうと口を動かそうとして、それを三樹さんが口元に当てた手に阻止された。

「穂花との結婚と副島製薬のことはまったくの別物だ。俺が会社を継いだところで、穂花にはなにをしてもらうつもりもないし、なにもさせたくない。疲れて家に帰ったときに温かい食事と癒やしの笑顔が溢れている……そんな普通の家庭を穂花と築けていければいいいと思っている。なあ、穂花？」

「はい」

「それに穂花がそばにいてくれたら鬼に金棒。俺と穂花が揃えば、向かうところ敵なしというわけです」

鬼に金棒って、それってどういうこと？　私は鬼？　それとも金棒？

なんだかよくわからないけれど、私も三樹さんと温かい家庭を築いていきたい――そう願っている。

ふたりで顔を見合わせ微笑んでいると、お義父様の大きな咳払いが聞こえてふたり同時に身体をビクッと震わせる。

「今はそれでいいかもしれないが、いずれそんな子どもだましのような思いだけでは続けていけないときが来る。三樹、おまえはもっと自分の立場というものを知るべきだ。メリットのない彼女と一緒になったところで時間の無駄、苦労するのは目に見えている」

「父さんっ！」

「聖霊会《せいれいかい》総合病院のお嬢さんとのことも勝手に断って、一体なにを考えているんだか。今日は絢華《あやか》さんのたっての希望で、彼女もこの席に来ることになっている。もうすぐ着くはずだから、ちゃんと話をしろ。きっと気に入るはずだ」

お義父様の口から突然知らない女性の名前が出てきて、ハッと三樹さんの顔を見る。

絢華さんって、もしかしてお嫁さん候補の……。

もしかしなくてもそうだろうと、ごくりと息を呑む。

聖霊会総合病院といえば、都心部では最もよく知られる病院のひとつ。そこのお嬢様とかきっと育ちもいいだろうし、私なんて到底太刀打ちできない素敵な女性だろう。

まさか今日ここで会うことになるとは思いもしなかった。お義父様のほうが、一枚も二枚も上手だったようだ。

たっての希望。そこまでして三樹さんに会いたいなんて……。

不安から、膝の上にある手が小刻みに震え出す。間髪をいれずその手に、三樹さんの手が重なった。大きな手が私の手を包み込み、それだけで心もとなかった気持ちが満たされていく。

「父さんの言いたいことはそれだけですか？　じゃあ俺も言わせてもらう。絢華さんがここに来ても答えは同じ。絢華さんとの結婚話を断ったのは俺の正真正銘の誠意、その気がないのに受けるのは相手に失礼だ」

三樹さんは一歩も引く気がないと言わんばかりに口調を強めて言うと、お義父様に真っすぐ視線を向けた。ぎゅっと握られた手が〝一緒に頑張ろう〟と言っているみたいで心強い。

「お見合いはもちろんのこと、好きじゃない人と一緒になることはできない、そうだろう？　父さんだって、母さんのことが好きだから結婚したんじゃないのか？」

「なにが言いたい？」

「俺は父さんの力になりたいと思ってる。いずれは副島製薬を継いで今以上に会社を発展させたいと、ひとつひとつの仕事に真剣に向き合っているつもりだ」

そう言う三樹さんの手が、怒りに耐えるように震え出す。

心配になって彼の横顔を窺い、それは怒りではなく悲しみだということに気づく。

誰だって親と言い争いなんてしたくないに決まっている。でも三樹さんは私のために、私たちのことをわかってもらいたいと願って、こんな辛いことに立ち向かってくれているのだ。

「製薬会社だからね、病院との関係は大事だと思う。でもだからといって病院との確固たる繋がりのために政略結婚しなきゃいけないほど、うちの会社は信用されていないのか？」

「そんなことは……」

三樹さんの勢いに、優勢だったお義父様がたじろぐ。

「そうよ、あなた。三樹にはこの先、副島製薬という大きな重荷を背負ってもらうことになる。だからこそ三樹には幸せになってほしいと、そう願っているのは私だけじゃないですよね？」

お義母様からの援軍も加わり形勢逆転。状況がいい方向に向き始め、ピリピリしていた部屋のムードも一転する。

「お父さん、いい加減に子離れしたらどう？　お兄ちゃんも私もいつまでも子どもじゃないんだから、私たちのためとか言って必要以上に干渉するのはやめて。お父さんは穂花さんにメリットがないようなことを言っていたけど、そんなことないからね」

「どういうことだ？」

お義父様の眉間にしわが寄る。

私にメリット？　自分では自分のことがわからないと言うけれど、私にそんなものあったかしら……。

考えても思い当たらなくて、小首を傾げながら三樹さんを見る。そんな私に気づいた三樹さんは、「ん？」と柔らかい表情で私を包み込んだ。

「お父さん、よく見て。お兄ちゃんの、こんな優しい顔を見たことある？　お兄ちゃんの人当たりがよくなったのは、穂花さんのおかげだと断言できるわ。それは会社の運営にも影響が出ていると思うけど、違う？」

千景さんは胸を張ると腕を組み、お義父様に向かってちょっと上から目線でそう言い放つ。

三樹さんの頑張りは、私もよく知っている。

そういえば以前榊さんから、三樹さんが副社長になってから業績が右肩上がりだと聞いたことがある。どんなことがあっても前向きで、でも真面目過ぎるところが玉に瑕《きず》だとも言っていたっけ。

「ふふ……あっ」

突然笑い出した私に視線が集まる。皆がいるというのに思い出し笑いをしてしまい、慌てて口を塞いで頭を下げた。

「す、すみません」

「穂花、謝らなくてもいいよ。なにか面白いことでもあった？」

三樹さんだけでなく千景さんもくすくすと笑い出して、その場の雰囲気が和む。

お義父様だけは、まだムスッと仏頂面のままだけど……。

ここに来たばかりのときよりは雰囲気はよくなっているような気はするけれど、状況は平行線のまま。三樹さんもお義父様がここまで頑なだとは思っていなかったようで、頭を悩ましているようだ。

と、そのとき。個室のドアがノックされて、三樹さんと顔を見合わせる。

「おお、絢華さんが来たようだな」

さっきまでの仏頂面はどこへやら。お義父様は満面の笑みでドアまで向かう。お義母様と千景さんは、困ったようにため息をついた。

聖霊会総合病院の、お嬢様……。

三樹さんのことは信じているけれど、一筋縄ではいかないだろうと肩を落とす。堪えていたため息まで出てしまい、またもや三樹さんに笑われてしまった。

「大丈夫。なにも心配することはない」

「……はい」

三樹さんがいるんだから大丈夫だとわかっていても、心の中はそう簡単には整理がつかない。自信のない私が、嫌でも顔を出してしまうのだ。

副島製薬を継ぐ三樹さんには私なんかより、もうすぐここに現れるだろう絢華さんのほうがいいんじゃないかと。

「失礼いたします。副島のおばさま、千景さん、お久しぶりです」

そう言って姿を現したのは、上品で清楚、容姿端麗という言葉がぴったりの女性。千景さんたちに挨拶をすると、私のほうにチラッと目を向ける。でもそれはすぐに隣にいる三樹さんへと動かし、今まで以上に柔らかい表情を見せた。三樹さんは同じタイミングで立ち上がり頭を下げる。

「こんにちは三樹さん。お久しぶりです。今日は私のほうからおじ様にお願いをして、伺わせていただきました。突然の非礼を、お許しください」

「いや。こちらこそ、先日は申し訳ありませんでした」

絢華さんは穏やかな笑顔を見せている。一方三樹さんは少し緊張しているように見えるけれど、それでもいつもの優しい表情を浮かべている。

挨拶を交わしているだけ——。

ただそれだけとわかっているのに、目の前のふたりがあまりにもお似合いで胸がチクリと痛む。

「三樹さん。今日はもう一度あなたと話をしたくて、ご迷惑を承知でこちらに伺いました。できれば違うお部屋で、ふたりだけでお話を——」

「いえ。誰に聞かれても問題ありませんので、ここで構いません」

表情は柔らかいまま、でも三樹さんにしては珍しく語気を強める。いつもと様子が違う三樹さんに驚いたのか、絢華さんの表情が強張る。でもそれも一瞬で、スッと息を吐くと上品に話し出した。

「そうですか、わかりました。では先日のお話ですが、私はこのまま結婚の話を進めたいと思っています。三樹さんは好きでもないのに会社のために結婚するのはおかしいとおっしゃっていましたけれど、私は……」

絢華さんが冷ややかな目を私に向ける。

今の、なに……。

得も言われぬ不安が全身を襲う。

「私は三樹さんに初めて会ったときから、ずっとお慕いしておりました。今はまだ私の片思いですけど、これから時間をかけて、私というひとりの人間を知ってはいただけないでしょうか？」

絢華さんは純粋な目を三樹さんに向け、彼の両手を握る。三樹さんはその手を、やんわりと解いた。

「絢華さん、申し訳ない。先日もお話ししたように、私は会社のために結婚する気は毛頭ありません。前にお話ししたように一緒になりたいと思っている女性がいます」

「隣にいる方……ですよね？」

絢華さんがそう言うと、「はい」と答えた三樹さんは私の手を取った。恐る恐る彼の隣に立つ。

三樹さんがいるんだから大丈夫。

そう自分に言い聞かせて、絢華さんに小さく会釈した。

「は、初めまして。逢沢穂花と申します。み、三樹さんとお付き合いさせていただいています」

声が上ずり、うまく話せない。そんな情けない自分に涙が出そうになって、でもそれを歯を食いしばりなんとか堪える。

お付き合いをさせていただいているなんて言わないほうがよかったかなと後悔していると、千景さんが音を立てずに拍手しているのが目に入る。その口をよく見ると『よく言った』と読めて、安堵からホッと息を吐く。

気づけば三樹さんは私の手をしっかりと握ってくれていて、背の高い彼を見上げた。

「彼女のことを愛しています。誰がなんと言おうと、彼女との未来しか考えられない」

絢華さんに向かって真っすぐ、恥ずかしげもなくそう言い放つ。

愛しています――。

その言葉が頭の中で何度もリフレインされる。普通ならご両親がいる前で恥ずかしいと思うところだけれど、今は嬉しくて仕方がない。

「人の気持ちなんて、どこでどう変わるかわからないじゃないですか？」

「その通り、人の気持ちほど不確かなものはない。でもだからこそ、穂花の気持ちが変わらないように、私は彼女との時間を大切にしたいと思います」

　繋がれている手から三樹さんの温かい気持ちが伝わってきて、身体中が幸せに満ちてくる。彼の気持ちに応えるように手を強く握る。

「ほんの少しでいいので、その時間を私にも分けてはいただけませんか？　とにかくふたりだけで、ちゃんと話がしたいんです。私のことをなにも知らないまま、結婚する気はないと否定されるのは納得がいきません」

　ずっとお慕いしておりました――。

　絢華さんのその言葉は真実だったようで、その気持ちが痛いほど伝わってくる。きっと三樹さんも、それはわかっていると思う。

「三樹、絢華さんの言う通りだ。結婚の話を進めたのは、会社の利益のためだけじゃない。絢華さんの人となりを見て、三樹に似合う女性だと思ったからこそ話を進めたんだ」

　絢華さんの気持ちを後押しするようにお義父様はそう告げ、三樹さんにきつい目を向ける。でも三樹さんは怯むことなくお義父様と視線を合わせ、少しも逸らそうとはしない。

「絢華さんの気持ちはわかりました。父さんの言いたいことも。でも俺の気持ちは、なにを言われても変わることはありません。一秒すら、穂花以外のことには目を向けたくない。彼女のことを、もう二度と悲しませたくないんです。どうかわかっていただきたい」

そう言って頭を下げる三樹さんを見て、絢華さんは目を伏せた。

「そう……ですか、わかりました。では穂花さんに、ひとつだけ聞いてもよろしいでしょうか？」

「え？　私に……」

まさか彼女の矛先が私に向くとは思っていなくて、返事をする声が震える。

「穂花になにを――」

手まで小刻みに震えだし、そのことに気づいた三樹さんが私をかばうように一歩前に出た。

「三樹さん……」

彼が私のことを心配してくれているのがよくわかる。その気持ちは涙が出るほどありがたいけれど、守られているだけなんて嫌。精神的にももっと強くならないと、絢華さんに勝てない。

「私なら大丈夫です。絢華さん、なんでも聞いてください」

三樹さんの身体をそっと押し退《の》けて、絢華さんと対峙《たいじ》する。偉そうなことを言ったものの、なにを聞かれるのかと緊張で口の中はパサパサだ。

「私は聖霊会総合病院院長の娘ですが、医者もしています。なので三樹さんの仕事のこともよくわかるし理解もしています。あなたはどうですか？」

お義父様が言っていた〝メリット〟のことを言っているのだろう。そこを突かれるとは思ってなくて動揺は隠しきれない。

なにも知らないと言ったら、お義父様はどう思うのか――。

でも今ここで嘘をついたところでなんの意味もない。だったら正直に話すほうがいい。

もしそれでお義父様に許してもらえなくても、また一から頑張ればいいのだから。

「私は三樹さんの仕事のことはわかりません。けれど、彼の隣で彼自身を支えていきたい。いつでも、どんなことがあっても、三樹さんに寄り添っていたい。それだけではダメですか？」

これが今の私の正直な気持ちだ。でもそんな精神論的なことで、絢華さんが納得してくれるとも思えない。

「そうですね、ダメじゃないと思います。でもそれ以上のものがあれば、もっとよりよい未来が待っているとは思いませんか？　だからこそ、今すぐにでも三樹さんとお話をさせて――」

「嫌です！　絢華さんの言う通り、なにも持っていない私では三樹さんの役に立つことはないかもしれません。それでも私は三樹さんと一緒にいたい。彼のそばで、いつも笑顔でいたい。私も三樹さんから、一秒だって離れたくないんです！」

相手がどんなにすごい人だろうと、三樹さんだけは絶対に渡さない。

息も絶え絶えにそう言い放ち、嘘偽りのない真っすぐな瞳を絢華さんに向ける。言い終えても興奮した思いはしばらく落ち着かず、気持ちが抑えられずに目に涙が溜まり始めた。

「穂花……」

三樹さんに肩を抱かれて、やっと自分を取り戻す。ふわりと優しく身体を抱きしめられると気持ちが落ち着いてきて、代わりに恥ずかしさに襲われる。

私ったら、なにを言って……。

絢華さんの言葉に我慢できなかったとはいえ、感情が昂《たかぶ》ってしまった自分が恥ずかしい。しかもお義父様たちがいる前で抱きしめられているとか……なんとも身の置き所がない。

三樹さんの腕の中から抜け出し「すみませんでした」と俯く。するとふふっと笑い声が聞こえて、おもむろに顔を上げた。

「どうやらお二人の間に、私の入る隙はないようですね。きっと彼女のそういう正直なところが、三樹さんには必要なのでしょう。私は穂花さんのような熱情は持ち合わせていません。それが、よくわかりました」

絢華さんはそう言うと、表情をパッと笑顔に変える。彼女の嘘のない笑顔は、女性の私から見てもとても素敵だ。

「お見苦しいところを見せてしまい、申し訳ございませんでした。おじ様、ご期待にお応えできなくてすみません。では失礼いたします」

置いてあったバッグを手に取り、絢華さんは個室から出ていった。そのあとを、お義母様が追った。

なにはともあれよかったと、部屋に安堵の空気が流れる。でも私は、お義父様のことが気になって仕方がない。

「父さん。結婚話を勝手に断ったことは申し訳ないと思っている。でもやっぱり何度会社のためと言われても、俺は父さんの気持ちに応えることはできない。ごめん」

三樹さんがお義父様に頭を下げると、私も一緒に頭を下げた。

思いは三樹さんと同じ。絢華さんが帰って済んだとは思っていないけれど、これが今の私たちの精一杯の気持ちだ。

「お父さん」

「あなた……」

千景さんと部屋に戻ってきたお義母様が、お義父様に寄り添う。

「ああ。まあ、ふたりの気持ちはわかった。だからといって、すぐに考えは変えられん」

「わかっています。でも俺も変えるつもりはない。どれだけ時間がかかっても、わかってもらえるまで話を聞いてもらいます。穂花とふたりで」

私のほうを見て「いいね？」と窺う三樹さんに、「はい」と元気よく返事をする。

穂花とふたりで——そう言ってもらえたことが嬉しくて、まだ三樹さんとのことを許してもらえたわけじゃないのに勝手に頬がほころんだ。

「理由はどうであれ、穂花さんにはきついことを聞いて申し訳なかった。でもあなたは素直な気持ちを真剣に話してくれた。三樹のことを心から思ってくれていることはよく伝わったよ」

お義父様がそう言うと、三樹さんも少しはホッとしたのかその表情が和らぐ。すると今度はお義母様がそのあとに続いた。

「ホント。三樹にはもったいない女性だわ。三樹もやっと心から愛する女性に巡り会えた、あなたもそう思わない？」

「ま、まあ、そうなのかもしれんが……」

満面の笑みのお義母様に突然振られて、お義父様はしどろもどろ。でもその表情はまんざらでもなさそうで、物腰が少し柔らかくなったように感じるのは私だけだろうか。

でも『三樹にはもったいない女性』とか『心から愛する女性に巡り会えたとか』、ちょっといい過ぎなような……。

勘違いしてしまいそうな嬉しい言葉の連続に、さすがに恐縮してしまう。

「三樹のこと、よろしくお願いしますね」

お義母様はそう言うと、丁寧に頭を下げる。それを見て、私も慌てて頭を下げた。

「そ、そんな。こちらこそ、よろしくお願いいたします」

お義父様は不服そうながらも三樹さんとビールを飲み、私はお義母様と千景さんとで話に花を咲かせる。すると突然三樹さんが「あっ！」と叫ぶから、みんな驚いて肩を震わせた。

「いきなり何ごとだ？」

お義父様の大きな声が、個室内に響く。

「報告が遅れましたが穂花のお腹には新しい命が芽生えていて、妊娠十一週目だそうです」

面目ないと言わんばかりの表情を見せる三樹さんとは正反対に、お義父様は驚いて目を真ん丸にさせる。

「はあ!?　なんでそんな大切なことを先に言わないんだ」

「子どもの存在をだしに使いたくなかった。子どもができたからとふたりの関係を認められたとしても、それは本当の意味での許しではないからね」

そうだろうと言うように、三樹さんが優しい目を私に向ける。その通りですと私も笑みを返し、小さく頷いた。

「まったくおまえというやつは。人さまの大切なお嬢さんを結婚前に孕《はら》ませるなど言語道断。穂花さんのご両親は知っておられるのか？」

「はい。二週間ほど前に妊娠がわかったときに伝えました」

「それで、ご両親はなんと？」

「喜んでくれました」

「それを聞いて安心した。それで三樹は穂花さんのご両親に、ちゃんと挨拶には行ったんだろうな？」

「はい、先日。ご両親に結婚の許しもいただきました」

お義父様は「そうか」と呟くと目を伏せて腕を組み、なにかを考え始める。なにが始まったのかと三樹さんを見たが、彼にもわからないようだ。

すると次の瞬間。お義父様が突然ガバッと立ち上がり、深々と頭を下げる。なにが起こったのかわからない私は、目を真ん丸にしてキョトンとしてしまう。

「不肖の息子が本当に申し訳ないことをした。父親として詫びることしかできないが、許してほしい」

「そんな許すだなんて、頭を上げてください。お義父様、私は三樹さんの子どもを授かることができて、本当に幸せなんです。だからお義父様にもお義母様にも喜んでもらいたいです」

家族が増える喜びをみんなで分かち合いたい――心からそう思っている。

「そうか。うん、そうだな。穂花さん、わかった。身体のほうは、大丈夫ですか？」

お義父様の気遣いの言葉が、なによりも嬉しい。妊娠に対しての謝罪は三樹さんだけが悪いわけではないから受け入れがたいけれど、そのことについてなにか言葉を返すのはやめておく。

「特にひどいつわりもなくて、今のところ順調です」

「なにか困ったことがあれば、いつでも遠慮せずに連絡してちょうだいね。それはそうと、穂花さんが妊娠しているのなら、結婚式はどうするの？」

「そのことなんだけど。穂花と話し合って、子どもが生まれて穂花の身体の調子が戻ってからにしようと思っている。ただ早く夫婦になりたいから、籍だけは先に入れようかと」

「ええ、そうなの？　副島製薬の副社長としての結婚式はそれでもいいけど、こぢんまりでもいいから身内だけの結婚式くらい挙げてもいいんじゃない？」

身内だけの……。まったく考えていなかった提案に心が躍る。身内だけというのも楽しそうだし、私の両親も喜んでくれそうだ。

でもお義父様は？　まだちゃんと結婚の許しをもらったわけじゃないのに、勝手に話を進めていいものかどうか。心配になってそのことを三樹さんに耳打ちする。三樹さんも同じ気持ちだったようで。

「父さんはどう思う？」

「そ、そうだなぁ。穂花さんの身体のことを一番に考えて、無理のない程度にやればいいんじゃないのか。なにか必要なことがあれば、なんでも言えばいい。そのための努力は惜しまん」

「わかった。ありがとう、父さん」

三樹さんのあまりにも簡素な聞き方に驚いたけれど、かえってそれがよかったみたいだ。でもこれって……。

結婚のお許しが出たってことで間違いない？

心が浮き立ち始め、三樹さんを見上げる。彼が頷くのを見て、ぱあっと心が晴れやかに弾む。

その場ですぐ三樹さんに「お義母様の提案、考えてみませんか？」とつい口走ってしまった。

今はまだ妊娠初期で無理はできないけれど、安定期に入る三月の後半ならギリギリお腹の大きさも気にならないしウェディングドレスも着ることができるだろう。

「でもそんな簡単に結婚式場が見つかるかが問題だよね。穂花のことを考えると安定期に入る三月にならないと難しいし、遠出はできないし」

「それなら……」

お義母様はなにかいい考えがあるのか、手をパンと打つとスマホを持って個室から飛び出してどこかに行ってしまう。私が余計なことを言ったから、手間をかけさせたんじゃないかと気が気でない。

「ほら、穂花は気にしなくていいよ。母さんはいつもあんな調子だからね。でも任せておけばなんの問題もない。きっといいところを見つけてくれる」

「そうよ。母はああ見えてとても人望がある人だから、お料理食べながら待ちましょう」

「三樹さんと千景さんが、そう言うのなら……」

結婚と妊娠の話をしている間に、回転テーブルの上には美味しそうな料理が所狭しと並べられていく。盆と正月が一度に来たような豪華な絶品中華に目移りしていると、コツコツとヒールの音を立ててお義母様が戻ってきた。

「お友達に一軒家の邸宅で結婚式を挙げる、ハウスウェディングの会社を経営している人がいてね。今聞いてみたら、平日なら三月でも空いてますって。明日私が話を聞いてくるから少し待っていてね。お待たせしてごめんなさい、さあ美味しいお料理をいただきましょう」

ここに来るまでは緊張してなにも喉を通らないと思っていたけど、私が思い描いていたご両親とはまるで違っていて、不安だった気持ちはずいぶんと解きほぐされて柔らかくなっている。

三樹さんは以前『榊が言った通り、俺には親が勝手に話を進めている嫁候補がいる。俗にいう〝政略結婚〟というやつだ。でも俺は、それを受け入れるつもりはない。そのことについては再三伝えてなんとか回避しようとしているが父も頑固な人でね、なかなか首を縦には振ってもらえない』と言っていたから、お義父様から仕事はどうするのかと聞かれたときは正直怖かった。

けれどそれも私と三樹さんのことを思ってのことだったとわかれば、さすがは大きな会社の上に立つ人は違うなと思わずにはいられない。

でもお義父様以上に怖かったのは、お嫁さん候補の絢華さんが来たときだ。あのときは身体が震えて仕方なかったけれど、三樹さんをはじめお義母様や千景さんもいてくれてどれだけ心強かったことか。

「三樹さん。とても素敵なご両親ですね。私、今、すごく幸せです」

「ありがとう、穂花。俺も幸せだよ。よし、穂花はなにが食べたい？　エビチリ？　それとも北京ダックがいいかな？」

「じゃあお言葉に甘えて、北京ダックをお願いします」

夢のような時間に食欲も湧いてきて、三樹さんが取り分けてくれる中華料理を堪能していると、三樹さんが嬉しそうに私を見ていて私も笑顔を返す。

三樹さんが笑うと私も嬉しくなる。

こんな幸せな時間がずっと続きますように――そう心からそう願った。

喜びも不安も愛している証

妊娠二十週に入った、三月の下旬。

私は今、郊外にある街を一望できるガーデン付き一軒家の部屋のテラスで景色を見ながら、三樹さんが来るのを今か今かと待ちわびている。

三樹さんのお義母様の計らいでとんとん拍子で結婚式の準備は進み、今日ここで私と三樹さんは結婚式を執り行う。

三樹さんは『俺は雨男なんだ』としきりに天気を心配していたけれど、神様が味方してくれたようで朝から雲ひとつない晴天。ニュース番組の中でお天気お姉さんが『今日は暖かい一日になるでしょう』と言っていたけど、テラスを吹き抜ける風が気持ちいい過ごしやすい日になりそうだ。

お腹の赤ちゃんは順調に育っている。つわりがなかったせいか食欲旺盛で少し体重が増えてしまったけれど、三樹さんは『太ったようには見えないけれど、もし穂花が子豚になっても大好きだから安心して』なんて甘やかすようなことを言うからますます気が緩んでしまう。

彼の言葉にこのまま甘んじてしまうと本当に子豚になりかねない、この辺りで気を引き締めないと。

でもそんな仲のいい私たちにも、ピンチが訪れたときがあった。

実は今日の日を迎えるまでの二か月の間、私と三樹さんの間に問題が発生したのだ。

といっても大事ではない、主に気持ちのすれ違い。

三樹さんのご両親に結婚の許しをもらってすぐ一緒に暮らし始めたけれど、実家を出るときに母の泣き顔を見たからか、私はいわゆる〝マタニティブルー〟というやつになってしまった。

もしかしたら三樹さんは責任感だけで一緒にいるんじゃないか、本当は子どもなんて望んでいないんじゃないかと落ち込むことがしばしば。

そんな私を心配した千景さんが私を人気のカフェに連れ出してくれて、イチゴと生クリームたっぷりのパンケーキを食べながら話を聞いてくれた。

「三樹さんは本当に私のことが好きなんでしょうか……」

「はい!? なにを今更。あのお兄ちゃんだよ、穂花さんのこと大好きに決まってるじゃない。ねえ、なにがあったの？ 事と次第によっては、お兄ちゃんをコテンパンにしてやるけど」

千景さんはそう言って鼻息を荒くしている。急にコテンパンなんて言うから可笑しくて、ふふっと笑いがこみ上げた。

「穂花さん、最近笑ってなかったんじゃないの？」

「え？　そんなことはないと思うけど」

でも言われてみれば……。

三樹さんのことを考えては勝手に落ち込んで。なんとなく会話をしてそれなりに笑顔も見せてはいたけれど、今思えば本当の意味で笑っていなかったかもしれない。

「確かに、です」

「やっぱりね。実はこの前お兄ちゃんに会ったんだけど、同じようなことを言ってたんだよね。『穂花は本当に俺と結婚したいんだろうか』って」

「そんなことないです！　私は三樹さんの奥さんになりたかったんですから」

三樹さんがまさかそんなことを思っていたなんて、全然知らなかった。

「こういうのを、似たもの夫婦って言うんじゃない？　お兄ちゃんから聞いたけど、穂花さんは自分の思っていることを人に話すのが苦手なんですってね。なんでも話してほしいって言ってもなかなか話してくれないって、お兄ちゃん悩んでたわよ」

なんでもひとりで抱えてしまうのは私の悪い癖。三樹さんに言われて一時期は些細なことでも話すようにしていたけれど、妊娠してからは思った以上に心に余裕がなくて話せなかった。

三樹さんのことを想えば想うほど、私のことで彼の手を煩《わずら》わせたくなくて、悩みや困っていることを言えなくなっていた。それでは三樹さんに、なにも伝わらない。

きっと三樹さんも同じ。お互いに気を使いすぎて、ドツボにハマってしまったみたいだ。

「千景さん、ありがとうございます。自分なりに気持ちを整理して、三樹さんと話したいと思います」

「それがいいと思うわ。結婚式、楽しみにしてるわね」

千景さんに言われた通り、三樹さんに今の気持ちを話すことにした。

三樹さんはどんなに仕事が忙しくても家に帰ってきたら、嫌な顔ひとつしないで家事を進んでしてくれる。それはつわりで辛い私のためを思っての、彼の優しさなのはよくわかっている。

もちろんありがたいことだし助かっているのだけれど、それを素直に『ありがとう』と言えない私がいる。

こんな男性なんて世の中になかなかいないと、贅沢なことを言っているのもわかっている。お腹の中にもうひとりの命がいるのだから、素直に甘えていればいいってことも。

でもなんでも完璧にこなす三樹さんを見ていると胸の中のモヤモヤがどんどんと膨れ上がって、どうにも気持ちが抑えられなくなってしまう。

ゆっくりでも時間がかかっても私がやりたい――。

でもそれを、どうやって三樹さんに伝えたらいいのかがわからない。

せっかく自ら進んでやってくれているのに、それを否定するようなことを三樹さんに言っていいものかと自答自問の日々を過ごしていたのだ。

そしてその日の夜。

洗濯物を取り入れた三樹さんがそれをたたんでいるとき、タオルのたたみ方が私と違うのが気になってつい……。

「三樹さん。タオルのたたみ方が違うんですけど」

そんなのどっちでもいい、使ってしまえば一緒とわかっているのに、先に口が動いてしまう。

三樹さんを傷つけた――。

そう思うと、彼の顔を見ることができない。傷つけたんじゃなくて、怒らせてしまったかも……。

でも気持ちは収まらず黙ったままでいると、三樹さんはタオルを持って私の隣に腰かけた。

「だったら、たたみ方を教えて？」

「私がたたみますから、そこに置いといてください」

「いいよ、俺がたたむから——」

「だから！　私の仕事を取らないでって言ってるんです！」

三樹さんの手からタオルを奪い取り、気持ちのまま声を荒らげてしまった。

自分で自分をコントロールできない。

「穂花、どうしたの？」

「放っといてください」

私の顔を覗き込んだ三樹さんを押し退ける。

「放っとけない。俺が穂花のことを放っておけるわけないでしょう」

振り上げた手をすかさず取られ、ふわりと優しく抱きしめられた。三樹さんの腕の中は温かく、子どもをなだめるように背中をトントンとされるとスーッと気持ちが落ち着いてくる。

「……ごめんなさい」

三樹さんの胸元に頬をすり寄せ、甘えるように身体を寄せた。

「謝るのは禁止。それより、今の穂花の気持ちを聞きたいんだけど？」

「私の……ですか？」

それができていたら、こんなことになっていないんだけど……。

でも言わなくちゃ済まなそうな雰囲気に、三樹さんの腕の中から顔を覗かせる。すぐに柔らかい眼差しと交わる。

「言ってくれないとわからない。さすがに俺だって不安になるよ」

「そうですよね。ちゃんと言わなきゃいけないとわかってはいるんですけど、どう伝えたらいいのか……」

三樹さんのことは大好きで、その気持ちは日に日に増している。決して嫌いになったわけじゃないのにどうしてこんな気持ちになるのか、そのことを伝えたら三樹さんに嫌われてしまわないかと不安でたまらないのだ。

「俺と結婚すること、後悔してる？」

「そんなこと、あるわけないじゃないですか！　それを言うなら三樹さんだって、私との結婚を決めたのは責任感からだけじゃないんですか？　子どもだって欲しくなかったんじゃないかって――」

つい声を荒らげてしまった唇に、三樹さんの人差し指が押し当てられる。驚いてキョトンとした目を向けるが、三樹さんの視線は……いつになく険しい。

「本気でそう思ってる？　初めての妊娠で、穂花の精神状態がよくないことはわかっているつもりだ。だからこそ君を助けたい、守りたいと思ってしていたことが逆効果だったのか？」

「そんなことは……」

ないとは言い切れなくて、口を噤んでしまう。

「でも頼むから『子どもだって欲しくなかったんじゃないか』なんて、もう二度と言わないでくれ」

そう言って切なそうな目をする三樹さんを見て、胸が張り裂けそうに痛い。

〝舌の剣は命を断つ〟という言葉がある。自分の言葉によって人を傷つけることもあるのだから注意が必要だという意味。

今の私はまさしくそれで、三樹さんを大いに傷つけた。

「穂花の本心じゃないことくらいわかってる。だから謝る必要はないし、自分が悪いと落ち込む必要もない。でも少しだけ、反省してほしいかな」

三樹さんは苦笑いしながら、私の鼻をキュッとひねる。顔をしかめると、私の顔が余程面白かったのか、大笑いされてしまった。

「それで。まだタオルのたたみ方は教えてもらえそうにないのかな？」

「今それを言いますか？　三樹さんの意地悪」

三樹さんの腕から逃れようと、脱出を試みる。でも逆に強く抱きしめられて、意気消沈してしまう。

「意地悪じゃないでしょ。それに、簡単には離してあげないよ。穂花は、全部自分が家事をしなきゃいけないと思ってない？」

心の中をズバリと言い当てられて、ドギマギするばかり。三樹さんってもしかして超能力者？　なんてバカなことを考えていたら、三樹さんにおでこをコツンと突かれた。

「穂花のことなら、なんでも手に取るようにわかるって言ってるでしょ」

「そうでした。でも三樹さんは副島製薬の副社長として、毎日遅くまでお仕事してますよね。なのに私は……」

体調不良で仕事も休ませてもらっているし、やれることといったら家事だけ。それさえも満足にできなくて、三樹さんには迷惑ばかりかけている。

「穂花が俺のことを心配してくれるのは嬉しいよ。でも俺からしてみれば、穂花のことのほうがよっぽど心配だ」

「心配……」

「そう。君は放っておくと、無理してでもなんでも自分でやろうとする悪い癖があるからね。だからすこしでも負担を減らしてあげたい。できることなら、なんでもしてあげたいとそう思っている」

でもそれじゃあ、三樹さんはいつ休めばいいの？　週末のたまのお休みくらいのんびりさせてあげたいと思っているのに……。

「穂花にはこのあとも大役が待っている。もちろん俺もできる限り協力するけど、穂花にしか任せられないこともたくさんあるからね。休んでなんかいられない」

「出産ですか？」

「俺には産めないからね」

「当たり前です」

顔を見合わせると、ぶっと噴き出すように笑い合う。心から笑ったのは、いつぶりだろう。

「出産はできないけど、育児は一緒にと思ってるよ」

「えぇ!? 多忙な三樹さんが育児なんて、とんでもないです。大丈夫、私ならひとりでも――」

「ひとりじゃない。俺は積極的に育児に参加したいと思ってる。一緒に子育てをしたいって思うのは、俺の独りよがりなのか？ 生まれてくる子は穂花と俺の子なんだから、ふたりで育てなくてどうする？」

「三樹さん……」

彼の気持ちが嬉しくて。考えていることが本当に素敵で、今まで悩んでいたことが嘘みたいに晴れ晴れしい気持ちになる。

「どんなことがあっても、俺にとって穂花が一番だということを忘れないでほしい」

「はい。でも、それを言うなら私だって同じです。私にとって三樹さんがなによりも一番で、どんなときでもあなたの癒やしの場所でありたいです」

結局のところ、三樹さんは三樹さんでため息ばかりつく私を見て、本来なら結婚してから妊娠なのに、順序が逆になってしまい私は勢いだけで結婚を決めたんじゃないかと不安になっていたらしい。

お互いに不安を抱え、それが原因でふたりの仲がギクシャクしていただけとわかって一件落着。

千景さんにいろいろと話を聞いてもらい、三樹さんとも思っていることを話し合った結果、思いのすれ違いは解消。

なんのわだかまりもなく、今日の良き日を迎えている。

きっと二か月の間にお互いの両親への挨拶や三樹さんが暮らすマンションへの引っ越し、初めての妊婦生活やなんやらが重なって、いっぱいいっぱいだったんだと思う。

終わり良ければすべて良し――じゃないけれど、あれもいい思い出のひとつだ。

「くしゅんっ」

暖かい日差しが降り注いでいるといっても、三月の下旬のテラスにウェディングドレスでの長居はきつかったみたい。控室の部屋に入り椅子に腰かけると「コンコン」とドアをノックする音が聞こえた。「はい」と返事をするとゆっくりとドアが開き、その隙間から千景さんがひょっこりと顔を出す。

「わあ。穂花さん素敵。そのウェディングドレス、すごく似合ってる」

「千景さん、ありがとうございます。今日の日を迎えられたのも千景さんのおかげだと感謝の気持ちでいっぱいです」

彼女の助言がなければ、もしかしたら今日を迎えられなかったかもしれない。

「なに言ってるの。私の言ったことなんて大したことないじゃない、感謝なんて大袈《おおげ》裟《さ》よ。そんなことより、お兄ちゃんは幸せ者ね。こんな綺麗なお嫁さんをもらうんだから」

「それこそ大げさです。ウェディングドレスを着れば誰でもそれなりに綺麗になれるかと……」

綺麗なお嫁さんなんてもったいない言葉だけれど、本当のところ褒めてもらえてかなり嬉しい。

三樹さんが選んでくれたのは、まるでお姫様のような華のあるAラインのウェディングドレス。チュール生地とバックリボンが可憐でかわいらしいし、お腹を圧迫しないから妊婦の私でも安心して着られると、とても気に入っている。

「お兄ちゃんはまだ来てないの？　ホント穂花さんほったらかしで、どこでなにしてるんだか」

「おまえに言われたくない」

そう言って控室に入ってきたのは三樹さんで、なぜかその表情は険しい。

「なんで新郎の俺より先に、穂花に会っているんだ。それにほったらかしていたわけじゃない、いろいろ準備をだな……」

どこか歯切れの悪い三樹さんに小首を傾げる。なにかあったのだろうか、私のことを真っすぐ見ようとしない。目を合わせようとすると、スルッとはぐらかされてしまう。どことなく顔が赤いようだけれど、私の気にしすぎ？

「三樹さん？」

三樹さんのそばまで行こうと立ち上がろうとして、でもすぐに「ストップ！」と彼に制止されてしまった。しばらくふたりだけになりたいから、出ていってくれないか？」

「千景、悪い。しばらくふたりだけになりたいから、出ていってくれないか？」

「ええ。ひとり占めなんてズルい。でもお兄ちゃんのお嫁さんだもんね。しょうがない、ふたりきりにさせてあげる。穂花さん、またあとでね」

私にはにこやかな笑顔、三樹さんにはあっかんべをすると、千景さんは「じゃあね」とステップを踏みながら部屋を出ていく。

「なんなんだ、あいつは」

ぶつぶつ呟く三樹さんを眺めていると、私の視線に気づいたのか慌てて姿勢を正しタキシードをさっと整えた。

さっきは目を合わせてくれなかったのに、ふたりきりになった今は熱いくらいの視線を私に向けている。そのまま一切目を離さずゆっくりと近づいてくる三樹さんに、心臓が痛いくらいに高鳴る。

目の前まで来るとなにも言わずに手を差し伸べられ、まるで磁石と磁石が引き寄せられるように自分の手を重ねた。その手にキスが落とされる。

「穂花、本当に綺麗だ」

「三樹さん……。どうしたんですか、さっきから少し様子がおかしくありません？」

重なっている手を握りなおすと三樹さんはその手を引き、私を立ち上がらせる。腰を抱かれ連れていかれたのは、控室の窓際にあるソファー。そこに私を座らせると三樹さんも隣に座り、有無を言わさず私を抱きしめた。

「あまりに美し過ぎて驚いた。こんなのもう神の領域だろう。神秘的過ぎて直視できなかった」

「あぁ……」

だからさっき、私と目が合わなかったのね。理由はわかったけれど、神秘的はいい過ぎなような……。

「穂花を今すぐ愛したい」

三樹さんは甘えた声でそう言うと、私の肩口に顔を寄せる。鎖骨をカリッと噛《か》まれて「んっ」と声が漏れてしまう。

「三樹さん、ダメ……です……」

そうは言ったけれど、本当の気持ちは私も三樹さんに抱かれたくて仕方ない。でも今日はこのあと結婚式があるし、なにより私は妊娠していてそういうことはちょっと……。

「そうだよね、ダメに決まってるよね。わかってる、わかってるけど、こんなにかわいくて素敵な穂花を目の前にして抱けないとか、どんな罰なんだ……」

「罰って。三樹さん、なにか悪いことでもしたんですか？」

この世の終わりと言わんばかりに情けない声を出す三樹さんが、愛おしくてたまらない。もちろんすることはできないけれど、彼のためになにかしてあげたいと彼の耳元に顔を寄せた。唇で三樹さんの耳朶をパクリと食む。

「……っ、穂花」

もう気持ちは止められない。

「三樹さん、愛しています。今までもこれからも、たとえ生まれ変わったとしても三樹さんだけを愛し続けます」

目の前にある三樹さんの頭を掻き抱き、ありったけの想いを伝える。三樹さんを喜ばせようと思ってやったことだけれど、今になって恥ずかしさが襲ってきて身体中が熱くて仕方ない。

「ねえ穂花。俺が我慢してるのをわかって煽ってる？」

「そ、そんな。煽ったんじゃなくて、私はただ喜んでもらおうと……」

「うん、わかった。でも思い出したんだよね。安定期に入ったらエッチしてもいいって、産婦人科の先生が言っていたのを。安定期ってあと一か月くらいじゃない？」

「そういえば私の妊娠がわかったとき、三樹さん先生に聞いてましたね。私も思い出しました」

あのときは顔から火が出るほど恥ずかしかったっけ。でもさすがに十月十日も我慢させるわけにも、我慢するのにも限界がある。仕方ないなぁ。

「三樹さん、実は……」

もう安定期に入ってますよ――と小さな声で囁いた。それを聞いた三樹さんが「おぉ！」と大喜びしたのは言うまでもない。

でも三樹さん、そんなに焦らなくても大丈夫です。だって私はもうどんなことがあっても、三樹さんのそばから絶対に離れないと心に誓ったんですから。

「穂花。俺と出会ってくれてありがとう」

「こちらこそ、私を見つけてくれてありがとうございます」

三樹さんの温かな身体にぎゅっと腕を回すと、三樹さんはすぐに抱き返してくれる。

ふたりがおじいちゃんとおばあちゃんになっても、こうやって抱きしめ合い、感謝の心を忘れない関係でありたい。

私たちの恋物語はまだまだこの先、永遠に続くのだから……。

END

番外編①　穂花中毒～妻への愛は無限大～　三樹SIDE

「三樹さん。今晩はなにが食べたいですか？」

穂花がキッチンから、かわいい顔を覗かせる。時計を見れば、針は四時過ぎを指していた。

もうそんな時間か。

ビジネス誌を読んでいた俺はそれを閉じ、おもむろに立ち上がる。

冷蔵庫にはなにが入っていたかなと思い出しながらキッチンに向かうと穂花が疲れたのか腰を擦っていて慌てて彼女の身体を支えた。華奢な彼女が大きくなったお腹を支えるのは、かなり無理がありそうだ。

「だからいつも言ってるでしょ、無理はしなくていいって。出産予定日までは？」

「……一週間です。でも生まれそうな気配はまったく感じないし、予定日はあくまでも予定日なので大丈夫ですよ」

そう言ってにっこりと微笑む穂花はとても愛くるしいが、俺は知っている。穂花が大丈夫と言うときは、大概無理をしているときだということを。

穂花のひとりで考える癖は相変わらず。それでも結婚する前に比べれば幾分マシにはなっているけれど、こんなときくらい素直に頼ってほしいというのが本音だ。妊娠自体は代わってあげることはできない。けれど穂花の負担を減らすことは俺にだってできる。

だから妊娠がわかって一緒に暮らし始めてからは、時間の許す限り家事全般を率先してやるようにしている。

穂花には『妊娠は病気じゃないんです。三樹さんは過保護が過ぎます』と言われたが、過保護のどこが悪い。かわいい妻を過保護にできるのは、夫の特権だろう。

甘え慣れていないせいか、穂花はそういうところをまったく理解していないというか疎《うと》い。

なにに関しても一生懸命な彼女はそれはそれで魅力的だが、俺としてはもっと肩の力を抜いて全力で甘えてほしいところ。

「大丈夫なのはわかった。けど夕飯は俺が作るから、穂花はテレビでも見ていて」

「えぇ～。ここ最近、毎日三樹さんが作ってるじゃないですか。奥さんは私なのに……」

俺の隣で穂花が、不満気にぷうっと頬を膨らます。本人は怒っているつもりなんだろうが、よく言うだろう『怒った顔もかわいい』と。そんな反則的にかわいい顔を見せても、俺を煽るだけだということがまだわかっていないようだ。

もうしばらく見ていたいところだが、そろそろ我慢の限界。ふくれっ面の真ん丸な右頬を人差し指で突き、そのまま包み込む。親指でクイッと顎を押し上げると、艶やかな唇を塞いだ。

突然のことに穂花の目は開いたまま。彼女の身体を抱きしめると、すぐには離してもらえないと悟ったのかその目を閉じた。

彼女の身体をあまり刺激しないように、舌先を絡めるだけの甘いキス。

欲し合い貪るようなキスももちろんいいけれど、気持ちを伝え合うようなゆっくり触れ合うキスも悪くない。

心が強く深く繋がっている――そんな気がする。

出産予定日まで一週間。ダメだとわかっているのに甘く柔らかな、まるで果実のような感触にやめることができない。舌をねじ込んだとき薄く開いた唇の隙間から「あ、はぁ……」と穂花の淫《みだ》らな吐息が聞こえてハッと我に返る。

「ごめん、穂花。大丈夫？」

顔を赤く染め深呼吸を繰り返す穂花の身体を、自分の腕の中に抱き寄せる。そのままゆっくりとソファーまで連れていくと、労わるようにそっと座らせた。

なにが『大丈夫？』だ。穂花は妊婦なんだぞ。しかも出産予定日が差し迫った臨月だというのに……。

妊娠してからの穂花は以前にも増して神々しい。母親になる準備をしているのか纏《まと》っているオーラが違うというか、かわいいのはもちろんだが、とりわけ美しさに磨きがかかっている。髪も肌も身体も、どこをとっても魅力的で、いろいろと我慢するのに一苦労だ。

彼女の前で膝を折ると、目線を合わせて綺麗な瞳を真っすぐ見つめる。

「穂花、綺麗だよ」

堪らずそう伝えると、穂花は一瞬驚いたような顔を見せ、でもすぐに頬を赤く染めて恥ずかしそうに俯いた。

「ありがとうございます。でももしそれが本当なら、三樹さんがそうさせているんですよ」

「俺が？」

そう言われても身に覚えがない。変わらぬ毎日を送っているだけなんだが……。

首を傾げる俺に、穂花が手を伸ばす。その手をすかさず取ると、穂花はまるで大輪の花が咲いたような極上の笑顔を見せた。

「三樹さんが今みたいに、私のことを大切にしてくれるから。たくさんの愛情を私に注いでくれて幸せに満たされているから……」

そう言う穂花の目から、真珠のように綺麗な涙がポロリとこぼれ落ちる。顔を近づけ目尻に唇を寄せると、彼女の涙を拭い取る。至近距離で見つめ合い、どちらからともなく笑い合う。

「三樹さん。私は世界一の幸せ者です。あなたと結婚できて本当によかった。新しく始まる三人での生活が楽しみで仕方ありません」

「穂花……」

こんな殺し文句、一体どこで覚えたんだ。

でもひとつ間違っている。世界一の幸せ者は俺のほうで、その地位を譲るつもりはない。だってそうだろう。こんなにも可憐でかわいらしい妻は、世界中のどこを探してもいない。

そんな女性を妻にしているのだから大切にするのは当たり前のことだし、幸せにするのが俺の使命なのだ。

なんでもできる完璧なスーパーヒーローではないけれど、穂花の前ではどんなときでもそうありたいと思っている。

「その台詞、そっくりそのまま返すよ。俺と結婚してくれて本当にありがとう。俺は世界一、いや宇宙一幸せな男だ」

「う、宇宙一ですか？　でも、そう言ってもらえて嬉しい。幸せ者同士、この子も幸せにしましょうね」

穂花の屈託のない笑顔に、今以上に愛で満たしてやりたいと思う。

「もちろんだ。三人で幸せになろう」

頬に手を当て撫でると、穂花はその手にすり寄り目を閉じる。一度は耐えた理性がムクムクと膨れ上がり、彼女の唇を奪う……はずだったのだが。

「ぎゅるるるる……」

どこからかそんな奇妙な音が聞こえてきて、きょろきょろと辺りを見回す。

「ご、ごめんなさい」

「え？」

なんで穂花が謝るのかと彼女を見ると、顔を真っ赤にしていてハタと気づく。今の音の出どころは……穂花か。

「出産が近くなって赤ちゃんが下がってきたのか、胃の圧迫感がなくなってお腹が空くようになって。お腹が鳴っちゃいました。ごめんなさい」

たかがお腹が鳴ったくらいで申し訳なさそうにするなんて、いつまで経っても穂花は穂花なのだと口角が上がる。

でも穂花のことだからここで俺が笑えば、お腹を鳴らしたことで笑われたと勘違いして落ち込むのが目に見えている。

むろん、そんなことで笑いそうになったわけじゃない。彼女の健気《けなげ》な姿がいじらしくて、その微笑ましさに……ということだ。

「穂花はすぐ謝るね。空腹になれば腹が鳴る——それは当然の摂理だ。だから謝る必要はない。あるとすれば俺のほうだ。すぐに夕飯を作ろうと思っていたのに、穂花に夢中になりすぎた」

そう言うと、穂花の頭の上で手をポンとひと弾みさせる。

「三樹さん、やっぱり私が作ります」

大きなお腹を突き出して立ち上がろうとする穂花の肩を抱き、ゆっくりとソファーに戻した。

「いいや、穂花はここでゆっくりしていればいい。穂花は、俺の作った料理は食べたくない？」

「そんなわけないじゃないですか。その聞き方、ズルいです」

唇を尖らせ面白くないと言わんばかりの表情を見せる穂花の頬に、うやうやしくキスをする。

「ごめん。穂花の困った顔が見たくてわざと聞いた。君がいい奥さんなのは十分にわかっているつもり。だけど子どもが生まれて身体がちゃんと正常に戻るまで、俺に家事を任せてほしい」

「でも、三樹さんには仕事が」

心配そうな顔をする穂花に手を伸ばし髪を撫でる。

「二か月だけど、育児休暇を取るつもりだよ。穂花が万全な状態で仕事に復帰できるよう、サポートしたいと思っている」

「え？」

穂花が目を真ん丸にして驚くのも無理はない。彼女にはなにも話していない、俺がひとりで勝手に決めたこと。もうすでに育児休業届けは提出済みで、許可も下りている。

穂花には『ひとりで悩まず俺になんでも話してほしい』なんて言っておいて、黙って育休を取ったのは悪いと思っている。

でも穂花に話せば、『大丈夫』というのがわかっていたから言わずに決めた。育休を取らないという選択肢は俺の中にはなかったが。

「心配しなくてもいい。副島製薬には、俺より優秀な社員がごまんといるからね」

「そうかもしれませんが、副社長の三樹さんは三樹さんにしかできません。私のことは心配しなくても大丈夫――っ」

相変わらずバカなことを言う口を、人差し指で塞ぐ。

「やっぱりね。そうやって俺のことを気づかうのは穂花のいいところだと思うしありがたいけれど、俺は君の〝大丈夫〟は信用していない」

穂花に押し当てていた指で、唇をキュッと摘まみあげる。眉間にしわを寄せ不服そうな顔をする彼女は間違いなくかわいいが、すぐには離してあげない。

「うちは男性の育児休暇に理解のある会社だけど、その取得率はまだまだ低くてね。取得促進のためにも副社長である俺が率先して育児休暇を取ることで、男性社員がもっと気楽に育休が取れる、育児にもっと積極的に参加できるようになればいいと思っているんだ」

穂花の唇から、そっと指を外す。唇を解放されたからか、それとも俺の話を聞いたからか、眉間のしわが消えていく。

「それは、とてもいいことだと思います」

「うん。育休を取ることで新しい自分の発見に繋がる。育児はどちらかがひとりで負うものじゃない、ふたりでやるほうが楽しいってね」

彼女の顔に笑顔が戻る。俺の言いたいことが伝わったのか、穂花は大きなお腹を優しく撫でた。

「ということで。夕飯、作ってもいいかな？」

「はい！　よろしくお願いします」

「よし。今日も暑かったから、豚しゃぶサラダの冷やしうどんなんてどう？」

「わあ、そんな手の込んだものを作ってくれるんですか？　すごく美味しそう。楽しみです」

そう言って、穂花が満面の笑みを見せる。たかがうどんに手の込んだものはいい過ぎだが、穂花の喜ぶ顔は無条件に嬉しい。やる気が二倍、いや十倍にも膨れ上がる。

キッチンはすぐそこなのに離れがたくて、彼女のこめかみ辺りにキスをする。恥ずかしそうに頬を赤らめた穂花に満足すると、足取りも軽くキッチンへ向かった。

「ごちそうさまでした。三樹さん、とっても美味しかったです。特にゴマダレのおつゆが最高でした」

穂花が手を合わせ満足そうに微笑むのを見とどけると、褒められてにやけそうになる顔をキュッと引き締め立ち上がる。

「お粗末さま。穂花の口に合ったならよかった」

冷えたうどんを器に盛りつけ、茹《ゆ》でて冷水にとり水気を拭いた豚肉と手でちぎったレタス、輪切りのキュウリを乗せ、櫛《くし》切《ぎ》りにしたトマトとゆで卵を添える。

至ってシンプルなものだが、ゴマダレつゆには少々の白だしと薬味ネギを加えてひと工夫。それを穂花に『最高でした』と褒められたのだから、嬉しさはいやが上にも高まる。

穂花はなんの気なしに言っているのかもしれないけれど、彼女の言葉ひとつで一喜一憂してしまう。穂花の存在自体が、俺を奮い立たせるのだ。

「三樹さん。片付けは私がやりますから、先にお風呂に入ったらどうですか?」

大きなお腹を支え「よっコラショ」と立ち上がった穂花は、皿を片付け始めていた俺の手を握ってにっこりと微笑む。彼女の笑顔に弱い俺はその表情に惑わされ、素直に頷きそうになる一歩手前で自分を取り戻した。

「なに言ってるの。『片付けまでやるのが料理』って、いつも言ってるのは誰?」

「私ですけど。それは言葉の綾みたいなもので、今ここで使わなくて……」

　形勢が悪いと思ったのか、穂花の声が尻すぼみになっていく。

「料理に限らず家事は、そのときそのときで家族が協力し合って終わらせるのがいいと僕は思うよ。ひとりよりふたりのほうが、身体だけじゃなく気持ちの負担も少なくなるからね」

　なんでもひとりで頑張ってしまう穂花には、理詰め――ではないけれど、こうやってひとつひとつ丁寧に話していくのが効果的なのだ。

「ひとりよりふたり……。わかりました。じゃあ片付けは三樹さんにお任せするので、私は洗濯物をチャチャッとたたんじゃいますね」

「うん、よろしくね」

　リビングで洗濯物をたたむ穂花をカウンター越しに見ながら、食器を洗い始める。途中ガス給湯器リモコンの湯はりボタンを押して、風呂の準備も万全だ。

　さっき穂花は俺に『先にお風呂に入ったらどうですか?』と言っていたが、せっかくの休日で一緒に過ごしているのだ。先にひとりで風呂に入るなんてバカなこと、俺がするわけがない。今晩はふたりで風呂に入るに決まっているだろう。

　さっと洗い物を済ませ、いそいそと寝室に向かう。ウォークインクローゼットから自分と穂花の着替えを準備すると、それを脱衣所に持っていく。

俺はおかしいだろうか。いやこの際、変態だなんだと言われても一向に構わない。

仕事がある日は一緒に入ることはほとんどできないし、子どもが生まれたら当分の間、ふたりで入ることは不可能になる。

だから今日が絶好のお風呂チャンスなのだ。

しばらくすると給湯器リモコンから『お湯はりが終わりました』と聞こえ、穂花のいるリビングへと向かう。

俺のことを探していたのか、見つけたと言わんばかりに穂花が立ち上がる。

「三樹さん。お風呂の湯はりが終わったみたいですよ。先に入ってください。私はそのあとで……え？　ちょ、ちょっと三樹さん。どうしたっていうんですか？」

黙ったまま穂花の腕を引き歩き出した俺に、穂花が戸惑いの声を上げる。それも無視して脱衣所まで行くと、穂花が着ているマタニティサイズのパーカーワンピースに手を掛けた。

「み、三樹さん、待ってください」

「待てない」

聞く耳持たずと、穂花の言葉を一刀両断する。もう待てるほどの余裕がない。

「もしかして、一緒に入るつもりですか？　もしそうなら、スタイル変わっちゃったし恥ずかしいです」

「そんなことわかっているし、今更恥ずかしがることもない。穂花のことは隅々まで知ってるからね」

首筋にあるほくろも、太ももの内側にある小さな痣も、彼女の身体のことなら全部知り尽くしている。だから今更隠そうとしたって無駄なこと。今日の俺は穂花が泣こうが喚《わめ》こうが、離してやるつもりはない。

「本当にどうしたんですか？　さっきまでの三樹さんと人が違うみたいです」

「そうかな。今の俺も俺だけど、嫌いになった？」

穂花の背中に手を回し入れ、ブラジャーのホックを外す。「あっ」と小さな悲鳴と共に、穂花の胸があらわになる。隠そうとする穂花の手をすかさず取った。

「どんな三樹さんでも、嫌いになんかなりません。そんなことわかってますよね？　でも明るいのはちょっと……」

そう言って最初こそイヤイヤと駄々をこねていた穂花も、俺が一向に手を緩めないからか、最終的には諦めてされるがままだ。

おとなしくなった穂花を見て、俺の中の異常なまでの興奮が少しずつ収まり始める。

掴んでいた穂花の両腕を離すと、胸の中に抱きしめた。

「ごめん。少しやりすぎた。穂花は恥ずかしがっているけど、俺は君の綺麗な妊婦姿を、この目に焼きつけておきたい」

「綺麗？　醜いじゃなくて？」

「そんなことを思っていたの？　穂花はバカだな。穂花に限らず妊婦っていうのは、お腹に子どもがいるんだから、それだけでも綺麗で神々しい。その中でも穂花は俺にとって最高のミューズ、女神なんだ」

抱きしめている穂花の身体を少しだけ離し、顔を覗き込むとついばむだけのキスをする。

「女神なんて、妻に対してもいい過ぎです。ここだけにしてください」

上目遣いに俺を見上げそう言う穂花の頬が、照れくさそうに赤く染まっている。

そんなかわいい顔を見せられたら、せっかく収まっていた興奮がまた昂ってしまう。

さすがにキス以上のことは今の穂花にはよくない。我慢しろと自分自身に言い聞かせる。

「お腹が張るといけないからね、無理なことはしない。ゆっくり湯船に浸かって穂花を抱きしめたいんだけど、いい？」

「……わかりました。私も三樹さんと一緒がいいです」

ちょこんとつま先立ちになった穂花が、そう言って俺の頬にキスをする。テヘッととろけるような笑顔を見せる穂花の身体を柔らかく抱きしめた。

「よし、風呂に入ろう。でもその前に、俺の服は穂花が脱がして」

はいどうぞと万歳をすると穂花は困ったように眉を下げ、シャツのボタンを外し始める。自分から言い出したことなのに、穂花の手のたどたどしさに思わず笑ってしまう。

「笑うなんてひどいです。こんなの慣れてないから……」

「ホントかわいいね、穂花は」

彼女の手の甲にチュッとキスをする。

子どもが生まれたら、しばらくはこんな時間が過ごせなくなるのかと思うと少々残念な気もする。でも生まれたら生まれたで、また違った時間の過ごし方ができるのは楽しみで仕方がない。

俺と穂花と子ども——。

三人での暮らしはどんなものになるのか幸せな未来しか想像できなくて、気づかぬうちに頬が緩んだ。

「三樹さん？」

不思議そうな表情をして俺の顔を覗き込む穂花に、彼女の目を真っすぐに見つめながら心の中で誓う。

君とお腹の子は、俺が絶対に幸せにすると――。

「変な三樹さん。お風呂入らないんですか？　私、先に入っちゃいますよ？」

一緒に入ることになんの抵抗もなくなったのか、柔らかい笑顔を残してバスルームへ入っていく。

こうしちゃいられない。

慌てて服を脱ぐと、かわいい妻のもとへと急いだ。


それから五時間。

「破水したかもしれない」と穂花に起こされた俺は、すぐに暁斗に電話を掛ける。

「なんで俺に掛けてくるんだ。穂花さんの担当は森《もり》先生だろう。でもわかった。こっちから連絡しておくから、すぐに穂花さんを病院に連れてきて」

穂花を動転させてはいけないと表面的には平常心を保っていたが、暁斗に電話をするなんて内心はかなり焦っていたみたいだ。でもこんな夜中に暁斗がすぐに電話に出てくれて助かった。

「大丈夫？　どこか痛いところはない？」

「はい。破水した以外は、今のところなんとも。私のことより、赤ちゃんは大丈夫でしょうか？」

心配する穂花を、そっと抱きしめる。

「もういつ生まれてもいいころだからね、陣痛より破水が先に起きても心配ない。大丈夫だ、俺がそばにいる」

小さく頷く彼女をベッドから起こし、いつ羊水が漏れてもいいようにバスタオルを腰に巻き出かける支度を整える。玄関に準備してある入院に必要ものを詰め込んだバッグを肩に掛けると、穂花を抱えながら地下駐車場に向かった。

病院までは車で二十分ほど。気持ち的には車を飛ばして早く病院に向かいたいところだけれど、ここで事故を起こすわけにはいかない。

いつになく安全運転で車を走らせると、夜中で道が空いていたから思っていたよりも早く病院に到着する。驚いたことに緊急夜間出入り口には暁斗が待っていてくれて、それだけでホッとして安堵感からため息が漏れた。

「三樹さん、暁斗先生が」

「穂花のために待っていてくれたみたいだな。いい親友を持って幸せだ」

もうなにも心配することはない。森先生もやってきてすぐに産科病棟に入ると検査で破水だとわかり、子宮内の感染を防ぐために処置が始まった。

「二十四時間以内に陣痛が始まって、出産ってことになると思います」

自分の中の緊張感が高まっていく。

初めての出産と戦う穂花を精神的にサポートしたいと立ち合い出産を希望していた俺は、看護師に言われるままに青いエプロンのようなものを身につけスリッパに履き替える。

さあ、いよいよ出産だ。

生まれてくる我が子に思いを馳せ、穂花と共に立ち向かう。両頬を強く叩き気合を入れると、穂花が待つ分娩室へ入った。


そして六時間――。

俺は今、生まれて間もない我が子を腕に抱いている。大きな産声を上げ二千八百グラムで生まれた我が子は女の子で、言葉にならないほどかわいらしい。

「やっと会えましたね。どちらに似てるでしょうか？」

「穂花かな。ほら、目元がそっくりだよ」

まだ分娩台にいる穂花に見えるように、赤ちゃんの顔を彼女のほうに向けた。「そうですか？」と穂花が微笑むと、その瞳から大きな涙がこぼれ落ちた。

「穂花、お疲れさま。この子を産んでくれて、俺を父親にしてくれて本当にありがとう。どれだけ感謝しても足りない……」

どうしたというんだ。嬉しいはずなのに、笑顔でいようと思っているのに、次から次へと涙が溢れてくる。かわいい我が子を抱いていて幸せなのに、なぜか違う思いに心が満たされていく。

あぁ、そうか。子どもが元気に生まれたことも嬉しいが、それよりも穂花が何ごともなく無事に笑顔を向けてくれていることに、なによりもホッとしているのだ。

「三樹さん。私のほうこそ、今日のこの日を迎えられたのは三樹さん、あなたのおかげです。三人で幸せになりましょうね」

そう言いながら、穂花が俺に手を伸ばす。

「もちろんだ」

絶対に幸せにする。なんなら、あと五人ぐらい子どもが増えても全員幸せにする。

冗談じゃない、本気だ。

そんなことを考えながら、穂花の手を強く握りしめた。
そして声を大にして言いたい。俺の穂花への愛は無限大なんだと――。

END

番外編② 三樹中毒～宇宙一の愛してる～ 穂花SIDE

「三樹さん。本当に、あのウェディングドレスを着るんですか？」

眠っている梨々花《りりか》を起こさないようにベビーベッドにそっと下ろすと、ソファーに寝ころんでいる三樹さんに近寄る。彼の前にひざまずき、顔を覗き込んだ。

「当たり前でしょ。今更変更はできないよ」

そう言ってくるりと向きを変えた三樹さんの背中を、トンと叩いた。

梨々花が生まれてから半年が過ぎた、三月最初の日曜日。久しぶりに三樹さんとのんびり、マンションで過ごしている。

というのも最近のお休みの日といえば、梨々花に会いに三樹さんのご両親が来ていてのんびりとは無縁の生活を送っていたのだ。最初は私たちの結婚に反対していたお義父様も今では梨々花にデレデレの爺《じじ》バカで、嬉しいことだけれど毎週の訪問はちょっと。しかも二度目の結婚式の準備も重なって、家族三人水入らずの時間が過ごせなかったのだ。

妊娠五か月のときにした結婚式は家族だけだったが、一週間後に執り行う結婚披露宴は親戚一同に加え副島製薬の関係者も招待して行われる、ざっと見積もっても五百人は下らない盛大なもの。

次期社長候補の三樹さんの結婚式だから招待客の件は仕方ないとしても、子どもがいる私がまたしても胸元が大きく開いたデコルテがばっちり見えてしまうウェディングドレスを着るのはどうかと思うんですけど……。

「変更もなにも、私がＯＫを出したわけじゃないですよね？　あれって三樹さんの好みで決めただけですよね？」

「そうだけど、それがなんだって言いたいの？　結婚式の主役は君だよ。穂花が一番綺麗で輝いて見えるドレスを着てほしいと思うのは、夫としての優しさだと思うけど？」

そう言われては、返す言葉もない。それを最初からわかっていて言っているのだから、毎度毎度困ってしまう。

「そんなことより、梨々花はよく眠ってる？」

「そんなことよりって……。もう、三樹さんは勝手なんだから。梨々花なら寝てますよ。それがどうかしましたか？」

「そうなんだ」

そう言うなり腕が伸びてきて、身体ごと引き寄せられた。寝ころんでいる三樹さんの上に、乗っかるような状態で倒れ込む。

「み、三樹さんっ!?」

そう叫んだ私の言葉は、彼のキスに飲み込まれた。大きくて熱い手が身体中に触れてくる。ゆっくりと背中を撫でられると、それだけでとろけてしまいそうだ。

三樹さんは私を抱きしめたまま身体を反転させて、いとも簡単に上下を入れ替える。私の上に覆いかぶさると途端にキスが深くなって、息苦しさに頭が痺れた。カットソーの裾から三樹さんの手が滑り込んできて素肌に触れると、粟立《あわだ》つような感覚に背中が反り返る。

「あぁ……んんっ」

唇の隙間から漏れこぼれる嬌声。温かな大きな手のひらに胸を覆われて、その感触に自分の中心が熱くなるのを感じた。

その間もキスは続いていて、いつの間にか忍び込んできていた三樹さんの舌に自分から触れていく。

「寒くない?」

三樹さんは耳元で囁くと、器用に私の服を脱がしにかかる。着ていたものを一枚ずつ丁寧に脱がされて一糸まとわぬ姿にされると、恥ずかしさに思わず身を捩る。

密着する身体から伝わってくる熱。

その熱にうかされるように意識が朦朧とし始めると服を脱いだ三樹さんが私の足の間に入り込み、私の弱いところを何度も責め立てる。トロトロに溶かされて十分に潤うと、ゆっくりと身体が繋がった。

「あぁっ」

私の身体を気づかいながらも奥へと深く入ってきて、ふたりの熱が溶け合うような快感が全身に広がっていく。

「ごめん。止まらなくなりそう」

「ここまでしておいて、そんなこと……言わないでください。三樹さん、もっといっぱい愛して……」

私の言葉を最後まで聞かずに唇が塞がれた。激しく身体を突かれ声が止まらない。

「三樹さん……」

「穂花っ」

私たちの熱はいつまで経っても静まりそうにない。

そして時間の許す限り、何度も愛し合った。

――それから一週間。

私は今、ホテルの結婚式場の控室にいる。

ウェディングドレスは結局、三樹さんが選んでくれたものを着ている。仕方なく折れたというよりは、やっぱり彼の喜ぶ顔が見たいと思ったから。

とはいっても、恥ずかしさがなくなったわけではない。けれど鏡に映る自分の姿は自分で言うのもおこがましいがなかなか似合っていて、さすがは三樹さんだと褒めてあげたい気分だ。

今日執り行われるのは結婚披露宴。式は家族と親族だけで、披露宴はこのホテルで一番大きい会場を使い五百人越えの招待客を迎えて行うことになっている。

五百人越えと聞いた時点で無理をするのはやめようと、緊張はどこかに飛んでいってしまった。

三樹さんがいるから大丈夫。

そんないつもと変わらない気持ちでいるほうが私らしい。緊張感で難しい顔をしているより、いつもの笑顔でいるほうが何倍もいい。それに今日は梨々花も一緒だ。

ウェディングプランナーの計らいで、今日はチャペルにも披露宴会場にもベビーベッドが用意されている。梨々花の面倒は三樹さんのご両親が見てくれているけれど、ずっと抱いているのは大変だろうと準備してくれていたのだ。

梨々花はよく眠る子で、ちょっとやそっとの音では目を覚まさない。一度寝てしまえば何時間でも寝る梨々花は、とてもありがたい。それに目に見えるところに梨々花がいてくれれば、私も三樹さんも安心できるし気持ちも落ち着くというもの。

一回目の結婚式は人前式で行われた。参列したゲストに立会人になってもらい結婚の意思を誓うスタイルもよかったけれど、今日は教会で神に結婚を誓い合うチャペル式の結婚式を挙げる。

時間になるとお世話係の女性が来てチャペルに向かう。ホテルにあるチャペルの大きなドアの前には三樹さんがいて、ウェディングドレスなのに走り出そうとして「いけません」とお世話係の女性に止められてしまった。

「慌てなくても、俺は逃げないよ」

三樹さんに言われてゆっくりと歩いていき、彼の隣に立った。

「お待たせしました」

「うん。ドレス、すごく似合ってる。それに決めてよかった」

「はい。実は私も、そう思いました。三樹さんに決めてもらってよかったです」

顔を見合わせて笑うと、彼の腕に自分の腕を絡ませた。

教会式なら本来バージンロードは父親と歩くのが普通だが、父から『絶対に泣くから無理』と言われ、最近は父親にこだわらないと知り三樹さんと入場することにした。少し残念に思ったけれど、隣で大泣きする父の姿を想像して諦めたというわけだ。

「それではお時間です」

ピアノの生演奏で入場の音楽が流れ始め、厳かにドアが開く。列席者の方々から祝福を受けながら祭壇まで向かい、牧師様の前で足を止めた。途中ベビーベッドで眠る梨々花が見えたが、よく眠っているようだ。

出席者全員で賛美歌を斉唱。牧師様の聖書の朗読を聞き神に祈りを捧げると、誓約、誓いの言葉が始まる。

「新郎三樹。あなたはここにいる穂花を、病めるときも、健やかなるときも、富めるときも、貧しいときも、妻として愛し、敬い、慈しむことを誓いますか？」

「はい、誓います」

「新婦穂花。あなたはここにいる三樹を、病めるときも、健やかなるときも、富めるときも、貧しいときも、夫として愛し、敬い、慈しむことを誓いますか？」

「は──」

「ふぇ……」

私が誓おうとしたとき、泣き声にも似た奇妙な声が聞こえて誓いを止める。

泣き声？　もしかして……。

梨々花が寝ているはずのベビーベッドのほうを向くのと同時に、大きな泣き声がチャペル内に響き渡った。

慌ててお義母様が駆け寄り梨々花を抱くが泣きやまず、お義父様も応戦。しかしそれでも一向に泣きやむ気配を見せず、私の母や父が抱いても無理で、最終的に新婦の私にお鉢が回ってきた。

今日は梨々花も、真っ白なベビードレスを着ている。母から抱き取ったときはまだ泣いていた梨々花だったが、あやすとすぐに泣きやみご機嫌に。「あーあー」と私に小さな手を差し出すから、そのかわいさに頬を寄せた。

チャペル内が安堵の空気に包まれ、なぜか拍手が沸き起こる。誓いの言葉の途中だったけれど、牧師様も赤ちゃん相手では仕方がないと苦笑いだ。

「皆さん、すみません。少しお待ちください」

三樹さんが頭を下げてくれて、その場は落ち着きを取り戻す。中断している式は、十分後に再開することが決まった。

申し訳ない気持ちのまま梨々花を抱いていると、いきなり三樹さんが梨々花を抱いたままの私を抱きしめる。

「もう我慢できない。ウェディングドレス姿で我が子を抱くとかなに？　女神が天使を抱いているようにしか見えないでしょ」

「ちょ、ちょっと三樹さん！　みんながいる前でなにを言ってるんですか？　恥ずかしいです……」

三樹さんがこんなふうになるのは初めてじゃないけれど、こんな三樹さんを見るのはお義父様たちをはじめ列席者の方々はどうやら初めてのご様子で。驚きを隠せないのか、ポカンと口を開けて呆《ほう》けている。

「穂花、誓ってほしい。どんなことがあっても、俺のそばに一生いるって。俺に一生愛されるって」

「三樹さん……。もちろんです。誓います、なにがあろうとそばを離れません。三樹さんだけに愛されたいです」

私と三樹さんの誓いを聞いていたみんなが一斉に、わあっと歓声を上げる。あちらこちらから「おめでとう」と聞こえてきて、彼と顔を見合わせた。その顔はお互いに、喜びで満ち溢れている。

みんなに祝福してもらえて本当に嬉しい。梨々花にもこの歓声が聞こえているかと見てみれば……。

「また寝てる。ホント梨々花は、よく寝るんだから」

でもこの歓声は、梨々花がもたらした賜物。彼女が泣かなかったら、こんな思い出深い結婚式にはならなかったのだから……と、すやすや眠る梨々花の頬にキスをする。

「穂花。俺にも誓いのキスをちょうだい」

「え？　今ここで、ですか？」

「そう、今ここで。世界一のキスをして」

冗談でもない、からかっているのでもない、真剣な眼差しで見つめられて、彼の気持ちに応えないわけにはいかない。

「世界一より、宇宙一がいいんじゃないですか？　三樹さん、愛しています」

これからもずっと、永遠に……。

最愛の気持ちを三樹さんに伝えると、最高の笑顔で三樹さんの唇に口づけた。

END

あとがき

こんにちは、日向野《ひなたの》ジュンです。

この度はマーマレード文庫三冊目となる『授かり初恋婚～御曹司の蕩けるほどの溺愛で懐妊妻になりました～』をお手にとっていただき、ありがとうございます。

恋愛初心なヒロイン穂花&溺愛系甘々ヒーロー三樹の恋物語、お楽しみいただけましたでしょうか。

この作品は〝笑顔〟がポイントだったわけですが、みなさん日々笑っていますか？　なんて急に言われても困りますよね。悲しいことや辛いことがあったときは、そんなに簡単に笑顔になれないかもしれません。そんなときは……

泣いて暮らすも一生、笑って暮らすも一生

これは笑顔にまつわることわざで、泣いて過ごしても笑って過ごしても人生の時間は同じように過ぎていく。だったら笑って過ごす時間が長いほうが、人生をより楽しめるはず。最近笑顔が少ないと思ったら、この言葉を思い出してみてください。きっとあなたを、笑顔に導いてくれるでしょう。穂花のように……。

最後にお礼を。
今回もいろいろとご迷惑をおかけしました、編集担当のY様。イメージ通りの穂花と三樹を描いてくださった小島《おじま》ちな先生。この作品に携わってくださったすべての皆さまに心より感謝申し上げます。ありがとうございました。
そしていつも応援してくださる読者の皆さま、感謝の気持ちでいっぱいです。本当にありがとうございました。これからも素敵な作品をお届けできるよう日々がんばりますので、今後ともよろしくお願いいたします。

ではまた、皆さまにお会いできる日を信じて……。

日向野ジュン

マーマレード文庫

授かり初恋婚

～御曹司の蕩けるほどの溺愛で懐妊妻になりました～

2022年6月15日　第1刷発行　定価はカバーに表示してあります

著者　日向野ジュン　©JYUN HINATANO 2022

発行人　鈴木幸辰

発行所　株式会社ハーパーコリンズ・ジャパン

東京都千代田区大手町1-5-1

電話　03-6269-2883（営業）

0570-008091（読者サービス係）

印刷・製本　中央精版印刷株式会社

Printed in Japan ©K.K. HarperCollins Japan 2022

ISBN-978-4-596-70838-0

m a r m a l a d e b u n k o